Niklas Rådström

De svarta tangenternas planet

Wahlström & Widstrand

Tryckt hos Fälth & Hässler, Smedjebacken 2001
ISBN 91-46-18268-3

The world is so full of a number of things
I'm sure we should all be as happy as kings

ROBERT LOUIS STEVENSON

I

ÄR DU RÄDD för mig?
      Rädd? Holger såg på de mörka händernas smala fingrar som vilade intill klaviaturen. Jesses bleka handflator, skjortans bländvita manschetter och den ljusblå kavajens glansiga tyg som i lätta veck draperade sig över de tunna armarna. Munnen hade brustit ut i ett milt leende efter att för ett kort ögonblick ha slutits kring frågan i en bestämt uppfordrande grimas. Nu sökte sig den ljusröda tungan drömmande längs med överkäkens tandrad. Och så det leende ögat: svart pupill inom en djupt kaffefärgad iris, ögonvitans i tunna blodkärl krackelerade blanka blekhet, den lilla fläcken vid ögonlocket som ett stänk av tobak. Även det blinda ögat föreföll att se på honom tills dess matta ljusgrå pupill vek undan och blicken sökte sig förbi Holger, in i skuggan bakom honom, in i mörkret, in i natten... Rädd? Varför skulle Holger vara rädd för Jesse?
      – Rädd? sade han. Varför skulle jag vara rädd för dig?

9

Jesse ryckte på axlarna:

– Don't know, my boy. I don't know. I just thought you might be afraid of me 'cause I know something that you don't.

Ti strök en lock ur pannan och översatte det Jesse sade, som en tankfull reflex bara, som kunde Jesses ord lika gärna ha varit hennes egna, som var Jesses mörka skepnad, främmande språk och lekande hemlighetsfullhet det som gav hennes egen blonda gestalt stadga och kontur.

– Vadå? frågade Holger. Vad är det du vet som jag inte vet?

– I know what it is to be someone else, sade Jesse dröjande och sträckte sina mörka händer ut över tangenterna igen. I know what it is to be somewhere else. I know what it is to be something else.

– Men du vet det inte, eller hur? översatte Ti. Du vet inte vad det är att vara någon annan än du själv. Du vet inte vad det är att vara någon annanstans än just här. Du vet bara vad du redan är...

– ...a white male afraid of being anyone else, anywhere else, anything else, fyllde Jesse i.

– Att du är allt som Jesse inte är, sade Ti.

Att vara någon annan. Att vara någon annanstans. Att vara något annat. När Jesses händer fångade in ett första ackord ur klaviaturens kalejdoskopiska mångfald av möjligheter dröjde den tanken hos Holger. Linet kunde se det hos honom. Holger, som ständigt på väg in i nya lögner och förställningsnummer prövade den ena förkläd-

naden efter den andra med barnets förtjusta upptäckar-
lust och lät ett just erövrat tonfall ersättas av ett som han
plockat upp hos en kund under dagen, iklädde sig ett
minspel som han stulit av den kontorist han stött sam-
man med i ett gathörn på förmiddagen samtidigt som
han stuckit den okändes plånbok innanför sin jacka och
gav ifrån sig en suck av förvåning som han lurat till sig av
en hamnarbetare på ett kafé tillsammans med den lilla
lön dagens arbete givit karln...

Jesse greppade om ett dim7-ackord och skuggorna
började röra sig runt dess toner. Ti satt tillbakalutad
i soffan vid ett sidobord snett bakom scenen. Cigarrett-
röken ringlade upp genom luften från askfatet på bor-
det framför henne. Hennes ljusa hårsvall var upplöst
och vilade utslaget över soffryggens krön. Jesses mörka
fingrar rörde sig lätt över tangenterna – de svarta och
de vita, de vita och de svarta – och några bleka fläktar av
vingslagen från skuggornas fladdermussvärmar drog
genom Holgers nackhår. Tonerna som lekte mellan
dem i musikens andetag, rytmen som ömsom slog knut
på och ömsom löste upp tiden. Tangenterna – de svarta
och de vita, de vita och de svarta. Det nattsvarta håret
som med hjälp av upprepade permanentningar och la-
ger av vax låg slickat över Jesses huvud. Att vara någon
annan. Att vara någon annanstans. Att vara något an-
nat. Att inte hela tiden stanna i sig själv.

När Linet första gången besökte Holger i skrubben
vid Prästgatan hade hon också frågat sig om han var den
hon trodde sig känna. Han hade behållit den mörka,

fuktiga bostaden också sedan Hanna rest med Margit till Amerika. Han hade bott där med henne under krigsåren, när han inte längre orkade sova i trappuppgångar och uthus, när ingen fanns som ville hysa in honom på en madrass på ett hallgolv, när ensamheten på parkbänkar, i portvalv, trädgårdar och hemlighus till sist blev för ihålig och kall.

Jo, Hanna hade nog Linet hört berättas om. Hon visste att hon tagit vilken karl som helst till sig och låtit honom flämtande sänka sig över henne för några ynka slantar. Någon hade sagt att Holger till och med hjälpt henne att skaffa kunder. Men sådant ville naturligtvis inte Linet tro på. Hon ville inte tro att den tunne bleke pojke, som brukade komma på besök till bakgården på Fleminggatan, full av historier om varietéliv och upptåg, skulle vara något så simpelt som en kall sutenör. Under ett par år hade hon inte sett till honom, men så, några dagar efter fredsslutet, hade de stött samman mellan grönsaksstånden vid Tegelbacken. Han hade varit en påstridig yngling som hela tiden sade saker om hennes rågblonda hår och om hur hon bar det uppknutet i nacken. Att han visste vem hon var, att han kom ihåg henne som en av småungarna från det gamla kvarteret och att han bara lekte med hennes förvirring och barnsliga nyfikenhet, det begrep hon först inte.

– Linet, hade han till sist sagt och tagit en av hennes ljusa hårslingor mellan sina fingrar, känt på den som när en bonde med en blandning av drömmande lystnad och kalkylerande beräkning rör vid ett ax bland sina växande grödor. Linet, det förstår du väl att jag känner igen dig. Det är klart att jag vet vem du är.

Redan några dagar senare hade han tagit med henne hem till sig i skrubben på Prästgatan. Trots att försommardagens vindar var varma och fyllda av blomdoft och framtidshopp kändes det trånga rummet på nedervåningen rått och fuktigt. Visst var det renstädat och prydligt, men det fanns något nästan desperat i försöken att efterlikna hemtrevnad: några prästkragar i ett glas vid fönstrets spruckna ruta, en handfull böcker i en hylla nogsamt placerade i bokstavsordning – Bergman, Duse, London, Nietzsche, Regis, Schnitzler... – det solkiga sängöverkastet sträckt över den smala britsen utmed långväggen... Det var där i rummet han kysste henne första gången. På en gång vant påfluget och blygt ömsint sökte han sig nära henne och lät sina läppar mycket lätt möta hennes, flyktigt som när en tidig svala gör en kort störtdykning över himlen ner mot en husgavel eller ett träd, men aldrig förefaller att vilja slå sig till ro. Några av pojkarna hemmavid hade väl fått komma henne så nära – en kyss, några smekningar som kanske lovade mer, blickar, leenden – men hon hade aldrig låtit det leda längre. Men nu var Holger hos henne och hon ville inte släppa honom från sig, aldrig för en stund, aldrig ett ögonblick av sitt liv...

– Linet, sade han igen. Det är klart att jag vet vem du är.

Han var så olik allt annat som fanns i rummet. Han hade välskräddade, vårdade kläder: en mörk kostym med en sliten klockkedja som hade kunnat tas för guld hängande ur västfickan, en struken och stärkt skjorta med manschetterna vikta inåt för att inte visa all sliten fransighet, en halsduk bunden i en lite yvig knut under kragen och en näsduk i samma tyg kokett nedstucken i bröstfickan... Han kunde förefalla som en elegant som hamnat fel i det fuktiga kyffet på Prästgatan, men hon såg genom honom, bortom, förbi... och då var elegansen bara en förklädnad, ett rollbyte lika tillfälligt som det han utförde då han drog på sig chaufförsuniforms-jackan som hängde över en galge på en spik vid kort-väggen.

– Linet, sade han. Tror du jag skulle kunna glömma dig?

Hon visste att allt hos Holger bara var förklädnad och låtsaslekar, men han kom nära henne och de kysste varandra och hans händer lekte sig försiktigt forskande över hennes kropp i samma allvarsamma lek som hennes över hans... Senare sade hon sig att hon redan då naturligtvis begripit att han inte var att tro på, att inget av vad han sade skulle vara något att sätta sin lit till, att allt bara var sken och förställning, men han var nära henne och de kysste varandra och vem han än utgav sig för att vara så kände hon att tillsammans med honom var hon sig själv. Han följde henne hem den kvällen, dröjde vid porten medan hon gick genom valvet in mot bakgården, och nästa dag stod han där igen, väntande med en knippa blommor och ett vackert hårband i si-den i ett litet paket med ljusröda snören.

Några dagar senare hade hon åter varit hemma hos honom i skrubben på Prästgatan – ljus stod tända i en silverstake som hon inte sett där senast och över sängen låg en broderad liten pläd med vinrankor och ett par småfåglar i mönstret. Hon hade känt hans hand över strumpkanten, fingrarnas lätta smekning mot den strimma hud som blottats där ovanför, de blygt fumlande försöken med strumpebandshållarens knäppen som kom av sig, trots att hon visste att han nog handskats med sådant förr. Och så gjorde han något som fick henne att bli rasande. Hennes kjol låg uppdragen över låret så att strumpkanten syntes. Med ett leende, i vilket hon inte bara kunde se spjuveraktig lekfullhet, utan även tyckte sig skymta ett trött förakt som lika väl kunde gälla henne som honom själv, höll han upp en hel tio-kronorssedel i sin ena hand, vek snabbt ihop den och stoppade den innanför strumpkanten. Hon hade blivit så rasande att hon kastade sig upp från bädden och gav honom en kraftig örfil. I dörröppningen hade hon hejdat sig med tårar i ögonen, vänt sig om mot honom och skrikit:

– Vem tar du mig för, Holger? Tror du att jag är ännu ett av dina luder?

Men Holger hade bara skrattat åt henne, både ömsint och lite nedlåtande, som då en oförstående vuxen försöker möta ett rasande barn.

– Linet lilla, ta bara inte reda på vad du har innanför strumpkanten förrän du kommer hem. Tittar du genast förvandlas den lilla förmögenheten du bär under kjolen till inget mer än en värdeslös bit papper, en biljett, ett kvitto, ett brev...

Hela vägen hem genom staden hade hans hjärtlöst tomma skratt förföljt henne och hon hade känt sedeln skava mot låret. Hon förbannade sig själv för att hon inte kastat den i ansiktet på honom, och nu kunde hon ju inte gärna lyfta på sina kjolar för att göra sig av med den. Tårarnas rännilar fångade gatdammet runt henne och tecknade grå strimmor över hennes kinder och när hon väl var hemma hade hon snutit sig så många gånger och torkat så mycken gråt ur ögonen att hennes näsduk kändes som en sjöblöt trasa. Hennes mor, som hängde tvätt nere på gården när hon kom inrusande genom portvalvet från gatan, hade försökt hejda henne, men Linet rusade förbi utan ett ord, bort mot avträdena längst nere på gården.

– Tittar du genast förvandlas den lilla förmögenheten du bär under kjolen till inget mer än en värdelös bit papper, väste hon snyftande för sig själv medan hon trevade innanför strumpkanten efter sedeln som hon tänkte kasta bland träcken i den ena av holkarna i avträdet.

Men syndapengen var verkligen förvandlad, till ett litet gulfärgat ark papper med ett par rader i Holgers lustigt kantiga handstil.

Linet, mitt hjärta, hade han skrivit. *Hur kan du tro att jag skulle kunna glömma vem du är?*

Den sortens förvandlingsnummer skulle hon komma att se mycket av de kommande åren. Plötsligt en dag skulle ett dyrbart föremål, en vas eller kandelaber, en orientalisk matta eller ett schatull med silverinfattningar, stolt förevisas i den lilla skrubben och senare i tvårumslägenheten på Bondegatan, bara för att en halv vecka därpå vara borta och aldrig nämnas igen. Att det mesta i Holgers liv föreföll vara tillfälligt och snart bortbytbart mot annat var något som Linet fick vänja sig vid. Och ändå väcktes aldrig den tanken hos Linet att också hon själv tillhörde allt det Holger kunde använda som insats i sina bytestransaktioner och bedrägerier. Tvärt om var hon övertygad om att hon nästan var det enda i hans liv som representerade varaktighet och framtid, trygghet och oskuld. Det delade hon med den kvinna han kallade sin mor och som han besökte så fort han kom till ute på Långbro. Sara hade flyttats dit från det gamla dårslottet vid Konradsberg efter att ha hamnat i kläm i ett våldsamt uppträde mellan några intagna och deras vårdare. Efter det hade hon slutat att se det stora sjukhuset som ett slott på havets botten, där hon kunde leva skyddad från världens krav och förvirring.

Lika utestängd från Sara som han varit under åren då hon satt på Konradsberg, lika öppet tillgänglig blev hon för honom på Långbro. Sedan Holger stuckit åt vakterna i grindstugan biljetter till några av stadens biografer och revyer behandlade de honom som vore han en av överläkarna. Holger förstod sig på att handskas med folk på det viset. Han förstod sig på att röra vid människors längtan och ge dem känslan av att han kunde tillfredsställa den. Men allt det var naturligtvis lika tillfälligt som alla hans bekantskaper och affärsförbindelser, alla hans idéer och planer. De blommade en kväll eller några dagar, men sedan var de glömda, och gjorde de sig åter påminda var det under generad tystnad, som då en mycket tillfällig förälskelse i den påföljande dagerns klara ljus inte framstår som annat än en pinsamhet. Ingenting var mer än tillfälliga avtal för stunden, inget blickade någonsin in mot en hoppfull framtid, inget väckte en tanke om vad som redan förflutit.

Jo, vänskapen med Sylle kanske. Sylle med sitt hetsiga tal och sina sorgset längtande ögon, sin längtan efter att i de nyaste tekniska uppfinningarna segla högt under molnen och att i ett enda slag förvandla samhället till ett nytt, där de besuttna fick se sig beordrade och de underkuvade gavs makt – Sylle var kanske en av de punkter i livet som Holger trots allt höll fast vid. Hanna nämnde han knappt längre. Och Margit och hennes dotter, som tagit Hanna med sig till Amerika under krigsåren, gjorde sig bara påminda någon enstaka gång då bunten av brev från dem kom fram och åter lades undan vid en vårstädning. Linet hade först tvekat, men sedan hade hon smugit undan och läst och bläddrat i dem.

Till en början hade både Hanna och Margit skrivit långa berättelser om livet i Amerika till honom – den första tiden fyllda av Margits yppiga handstil som vandrade som i ett broderat blomstermönster över papperet och så avslutningsvis ett par korta rader från Hanna som hade hon kopierat bokstäverna ur en tidning. Senare hade Margits meddelanden blivit allt mer kortfattade och till sist närmast formella, som förväntade de sig egentligen inte något svar. Och trots det fanns där alltid den ständigt upprepade frågan om hur det var med Sara och förebråelsen över att Holger inte hörde av sig. Det Hanna skrev växte sig däremot allt mer mångordigt uppfinningsrikt, om än forfarande på ett språk som krängde och stundtals brast, sökande efter nya ord i sprickan mellan hennes barndoms svenska och hennes nyvunna engelska. Men också hennes avsnitt i breven var som en drömmandes flaskpost: utan egentlig adressat och utan förväntan om svar.

I ett av de första breven från Philadelphia efter krigsslutet berättade Margit att hennes makes affärspartner, då han insett världskrigets fasa och förödelse, inte uthärdat tanken på att det var just den taggtråd som varit en förutsättning för skyttegravskrigets utdragenhet som också givit dem en sådan oöverskådlig förmögenhet. Till sist hade han inte sett någon annan utväg att slippa undan sin skuld än att i sin favoritsmoking lägga sig i ett badkar, med ett rakblad öppna sina vener och se sitt liv spädas ut i badvattnets ljumma blekhet. Sin förmögenhet testamenterade han till en fredsorganisation vars ledning så hänrycktes av förtjusning att en stor del av pengarna omedelbart förskingrades eller placerades i värdelösa fastighetsaffärer. Margits make lyckades trots allt rädda undan nog för sig själv för att inte behöva bekymra sig för ekonomiska problem under resten

av sitt liv. Den lilla familjen flyttade på Margits in-
rådan, för att inte säga envetna krav, till New York där
hennes make skulle kunna investera en del av sina
pengar i Broadways växande nöjesmarknad.

De sista breven som nådde Holger hade en avsändar-
adress på centrala Manhattan, och Hanna var fortfa-
rande med dem – om det var som jungfru eller bara
som sällskap kunde Linet aldrig förstå. Hannas brev
brukade sluta med en försäkran om att flickan mådde
bra och var klok och duktig, men Linet begrep aldrig
om det var Betty som Hanna menade, eller om Margit
även hade fött ett barn åt sin amerikaniserade ingenjör
från Råsunda. Och så alltid den gång på gång upprepa-
de frågan: Varför skriver du inte? Varför skriver du
inte? Kanske var det just därför att han aldrig gav dem
något svar på den frågan som breven blev allt färre och
till sist upphörde att komma.

Ja, varför skrev han inte? Jesse med de långa fingrar-
na som bredde ut sig som ett par glesa solfjädrar över
tangenterna. När Linet nu många år senare såg hur
förhäxat Holger kunde titta på när Jesse spelade så fick
hon kanske trots allt en del av en förklaring. Hon min-
des att han hade frågat hur de egentligen lät, de där to-
nerna som de varnade för i tidningarna. Det fanns till
och med de som menade att man borde anlägga karan-
täns- och avlusningsanstalter för att bli av med sådan
musikalisk ohyra. Så snart Holger hade sett att ett jazz-
kapell skulle spela på ett danskafé eller en idrottsför-
ening hade han rusat dit, bara för att besviket återvända

och klaga på att det inte kunde vara det han just lyssnat till som ansågs vara en omstörtande samhällsfara. Till sist hade han sagt att han trodde att han kanske funnit dem, de där tonerna han sökt efter. Åtminstone hade han skymtat dem i ett bräck och nu trodde han sig förstå vad de egentligen gällde. Ingenting, hade han sagt, ingenting. Allt de handlade om var ingenting, glömska och extas, ingenting, det sammetsmjuka, trösterika ingenting... Och efter det kunde han heller inte få nog av de där tonerna, allt det där som ingenting betydde, allt det som bara var tillfälligt för stunden, som en promenad utan mål, ett brev utan adressat, en resa utan destination...

– Ni förstår, det betyder ingenting, sade Holger en gång till Sylle samma år som Sylle reste med sin fästmö till Sovjetstaten för att hjälpa till att bygga det socialistiska experimentet.

Flickan som Sylle träffat, den lika hetsiga som målmedvetna Jenny, var namngiven efter Marx äldsta dotter. Hon var plattbröstad och bred i kroppen och när hon gav upp sitt skratt, med lika stor uppsluppenhet som raseri i klangen, blottades en rad missfärgade tänder. Men hon hade också något nästan dockaktigt sött runt ögonen och när Sylle drabbades av sina allt mer sällan förekommande attacker av fallandesjuka höll hon honom tills lugnet åter var hos honom. Tillsammans hade de alla fyra tagit taxibilen och kört ut åt Värmdölandet en solig vårdag, med matsäckskorg och en knippa pilsner i kofferten.

– Jag tror att jazzens mening är att den saknar mening, hade Holger fortsatt. De vrider tonerna så där, gör dem viga och flygande som hårlockar, slår in en takt som ett dansande. lokomotiv, hittar små klanger lika perfekta och unika som snökristaller, bara för att de ska finnas där för stunden. Det har ingenting med framtiden att göra, det bryr sig inte om det förflutna. Det är just nu bara. En klang, en rytm, ett ljusspel... Just nu.

Linet förstod inte vad Holger menade. Men hon trodde sig nog ändå begripa mer än Sylle och hans Jenny. För dem gick ingenting att förstå som inte var en del av klasskampen eller kunde användas som verktyg för byggandet av proletariatets diktatur. Alltsedan några år tillbaka, när Lenin dött borta i Ryssland, hade Sylle gått sorgklädd. Det var också så han träffat Jenny, då man firat årsdagen av den ryska revolutionen. Nej, musiken begrep de inte bättre än hon själv. Men så mycket förstod hon: musiken gav Holger en möjlighet att förstå utan att veta och att veta utan att förstå. Att det där som han kunde mumla i sömnen när drömmarna hann fatt honom och drev honom till upprörd oro både fick sin förklaring och förlösning i musiken. Att allt det som skrämde andra i musiken fanns där för att ge honom tröst. Att allting hela tiden var precis tvärt om.

– Jag antar att du Sylle menar att det var rätt när musikerfacket lade Blanch Café i blockad? frågade Holger.

– De svenska musikerarbetarna måste ju ta vara på sina intressen, sade Sylle.

– Och visa världen och sig själva att världen är trög

och tråkig? sade Holger. Var finns världsomstörtaren när dansmusiken börjar ta små skutt som revolutionären inte finner föreskrivna i den bolsjevikiska revolutionens katekes?

– I det kommunistiska samhället har vi ingen användning för tedanser, sade Sylle.

– Ska den svarta amerikanska proletärens frihetslängtan bara få sitt uttryck i några banjoackord och ett shownummer på en skränig revyscen? frågade Jenny, men det slog Holger undan.

– Den frihet ni pratar om verkar så omsluten av regler att den lika gärna kan tas för tvång, sade han och var tillbaka i den övergivna restauranglokalen där tobaksröken fortfarande hängde som tjocka slöjor spindelväv under taket. Och förresten vet du mycket väl att Sam Wooding var på lyckosam turné med Chocolate Kiddies i Ryssland för ett par år sedan.

– Sovjet, muttrade Sylle. Det heter Sovjet.

Ett ackord, en vandrande basgång, spända läppar mot en trumpets munstycke, baskaggens hjärtslag då mr Findley med sina trumstockar mätte musikens puls, himlen som öppnade sig i en rusning upp över en klaviatur, och så ljuset där uppe som bröt fram i de gyllene bleckblåsinstrumentens stämmor. Om Holger var rädd? Nej, varför skulle han vara rädd. Han visste vad det innebar att vara någon annan, han hade redan varit någon annanstans.

Men redan för länge sedan, de första åren efter kriget, kunde Holger vakna vid Linets sida, blek och svettig av skräck, mumlande om mannen som förföljde honom långt in i drömmarna. Var Holger rädd så var det inte för att förändras. Hans dagar fylldes tvärt om av charader och iscensättningar som fick världen hel och klar tills den plötsligt tog ett språng och blev något helt annat. Linet hade aldrig förstått om han var tysk eller dansk, den där Morgenstern som Holger träffade på Hotell Reisen så fort han kom på besök i stan. Vid ett par tillfällen hade Linet bevittnat upptakten till någon av deras små gatuuppsättningar då Holger agerade häpet hängiven publik åt Morgensterns fingerlek med några spelkort eller mässingskoppar. En annan gång hade hon blivit vittne till hur en till staden just tillrest välklädd herre som Holger plockat upp vid Centralstationen hittade en plånbok på golvet i taxameterbilen. Den kvällen hade han kommit hem till henne med en liten parfymflaska och en nyköpt blus, uppspelt som ett födelsedagsbarn. Han hade sagt att den där herrn hade fått lämna staden igen med outförda ärenden, men att Morgenstern varit nöjd. Och samma plånbok hade Linet sett många gånger därefter på golvet i taxins passagerarutrymme.

Allt det där for genom Linets huvud när hon åratal senare stod i skuggorna bakom ett draperi vid dansrestaurangens foajé och såg Holger nedsjunken på en av orkesterns stolar, tätt intill flygeln där Jesse hängde lutad över klaviaturen och lät sina svarta fingrar leka över de vita tangenterna. Vid ett bord satt Ti och rökte, hennes ljusa hår var utslaget över soffryggen och den mossgröna klänningen guldskimrande med små broderade liljor vid axlarna. Silkesstrumporna skimrade över hennes smala ben som rörde sig under kjollinningens rader av fransar. Linet såg Holgers skrämda blick som sade henne att han nu var förlorad – förlorad i musiken, ja, dit och till annat hade hon alltid varit beredd att mista honom: till musiken, till den där tomt drömmande blicken dit de smala cigarretternas rök tog honom, till den upprymda hänryckningen då han fått fatt i någon att föra så långt bakom ljuset att bara han själv hittade tillbaka ut ur mörkret... Nej, nu var han också förlorad för sig själv, som hade hans egen spegelbild vänt sig från honom, rusat iväg och tagit alla skuggor med sig. Nu satt han och väntade på att få stanna där han alltid tillfälligt hade kunnat dra sig undan: till flykten och drömmarna.

– Ta mig dit, hörde Linet Holger säga.

Jesse såg milt leende på honom, undrande och ändå inte undrande, som visste Jesse redan målet för Holgers önskan.

– Ta mig med dit, upprepade Holger igen.

– Vart menar du? undrade Jesse.

– Du vet, sade Holger. Du vet vart jag vill.

– Dit upp? Till tystnaden och rymden?

– Ja, sade Holger. En gång till bara.

Holger var som ett barn som inte kan få nog av gungturen, av knäritten, av tittutleken, av kittlingarna och minspelen.

– En gång till, upprepade han. Bara en gång till.

– Till planeten, sade Jesse och trummade en snabb virvel med fingertopparna på flygelns uppfällda tangentlock.

– Ja, sade Holger. Till de svarta tangenternas planet.

II

Å R 1917 BLEV min farfar bjuden på en gåsamiddag i Haparanda. Snön låg nästan metertjock och dagen tröttnade redan någon timme efter lunch på att vaka ut mörkret och gick tidigt mot natt. Farfar var i Haparanda verksam som korrespondent och kontorist vid speditionsfirman AB V. Larka, och det var till sin chef, Edward Lindwall, som han denna Mårtens afton inbjudits att äta gås. Lindwalls hustru hade av sin mor, som bedrev en omtyckt matservering på Prästgatan i Stockholm, lärt sig en hel del om matlagning och var bland annat känd för att gärna baka en konjakstårta på vilken gästerna kunde äta sig berusade intill oigenkännlighet. Om Lindwalls svärmor berättades det att hon bara två gånger under sin livstid lämnade Gamla stan – en gång besökte hon Drottninggatan utan att imponeras nämnvärt av vad hon fick se och vid ett annat tillfälle hälsade hon på några släktingar som bodde på Svartensgatan på Södermalm. Hur en gås letat sig ända till Haparanda mitt under brinnande världs-krig med livsmedelsransoneringar och dyrtider kan tyck-as svårt att förstå, men om man någonstans i Sverige skulle finna eftertraktade lyxvaror så var det kanske just vid denna gränsstation, där ymnig handel och smuggel-verksamhet skapade god tillgång på sådant som på and-ra håll i landet var bristvaror. I denna miljö kunde lyck-sökare och kondottiärer göra sig betydande förmögen-heter, vilka dock lika snart kunde försvinna i någon an-nan pengahungrandes fickor. Att en gås hamnade på villovägar och letat sig ända upp till Bottniska viken var således inget att undra över. Också farfar gjorde sig en del pengar under de där åren. Som korrespondent och enkel kontorist hade han kanske inte samma möjlig-heter som en del andra att förse sig av spillet från alla de mer eller mindre tvivelaktiga verksamheter som gras-serade där uppe, men något lyckades han hålla undan. De tillgångarna investerade han efter kriget och förlo-rade lika snabbt som han vunnit dem i en firma i Stock-holm om vilken jag endast vetat att den sysslade med import och export. Firman bar först helt enkelt min farfars namn, *K. Joh. Rådström*, men fick efter en tid till-lägget *& Co.* Men vem eller vilka den där ändelsen *& Co* stod för hade jag aldrig haft något grepp om, tills ett brev från Västkusten nådde mig för ett par år sedan.

I brevet fanns återgivet, med några få ändringar, det tacktal som farfar höll efter gåsamiddagen i Haparan-da. Det var på vers och fogade som rimpar samman gås med krås och känner med vänner. Avskriften av talet var tecknad i en lite skakig gammelmanshandstil. Den som skrivit ner talet hette Ragnar Harling och han återgav det direkt ur minnet. Som kollega och nära vän till farfar hade även Ragnar Harling varit med vid middagen i Haparanda. Vid sidan av hans något svårlästa handstil berättade hans dotter att fadern själv hållit talet, med några mindre förändringar, vid en nyligen firad fars dag. Hennes far hade uppnått 103 års ålder. Under första världskriget hade han delat en dubblett i Haparanda med min farfar och efter krigsslutet hade de ingått ett kompanjonskap i en firma för import och export som bar min farfars namn. Brevet slutade med en oemotståndlig inbjudan att besöka hennes far som, även om han såg och hörde lite illa, i övrigt var pigg, klar i huvudet och säkert hade en hel del att berätta som kunde intressera mig.

En solig dag i augusti tog jag således tåget för att träffa min farfars forne kompanjon. Naturligtvis fantiserade jag om vad som väntade mig. För mitt inre såg jag en förkrympt åldring insvept i en filt i en vilstol vid fönstret, lite darrhänt fumlig och vilsen bland orden, men vid hissdörren på femte våningen på Geijersgatan väntade en smidig, välklädd man i grå byxor, nystruken vit skjorta och en handknuten färggrann fluga under den nyrakade hakan. Ögonen hade den skumögdes lite grumliga blick och en hörapparat var fäst vid det högra örat, men handslaget var kraftfullt och stegen då han gick före mig in i den prydliga lilla våningen spänstiga.

Ragnar Harling var född i New York på 461 Fourth Avenue. Hans far arbetade som ingenjör och hade sitt kontor i The Flatiron Building, en av New Yorks och därmed världens första skyskrapor, som med sitt spetsiga hörn vid Femte Avenyn sticker en kil i sidan av Broadway. Han bör ha tillhört de utvandrade svenskar som lyckades i det nya landet och hade säkert fått en framgångsrik karriär om inte en tragisk olyckshändelse bragt honom om livet. Ragnar och hans mor stannade dock i Amerika och när de ett par år efter det att Ragnars far hade dött reste till Sverige var det på semester och för att hälsa på släkt och vänner. Dock blev de övertalade att stanna hos släkt i Filipstad där Ragnar började i skolan, några klasser under Nils Ferlin.

När min farfar träffade Harling i Haparanda var de bägge anställda vid speditionsfirman V. Larka. Ragnar var driftig och ekonomiskt skicklig och hade hand om mycket av det speditionsgods som skulle klareras och förtullas innan varorna skeppades vidare till borgerskapets salonger i Helsingfors och S:t Petersburg. De stora pengarna fanns dock att finna i smuggling och andra ljusskygga affärer som alltid florerar på platser där många människor passerar och affärer görs upp. Till de eftertraktade varorna i ett krigshärjat Europa hörde Savarsan, ett någorlunda effektivt medel mot syfilis som inte gav samma biverkningar som de med inslag av kvicksilver. Snart var Savarsan ett av de mest begärliga smuggelgodsen. En annan eftertraktad vara var hovkratsar som blivit civil bristvara då de stridande arméernas kavallerier lagt beslag på alla restlager. Över gränsen mot Finland och Ryssland flödade varor och människor. Från krigsskådeplatsernas skyttegravar skeppades på invalidtågen spillror av människor, berövade kroppsdelar och förstånd.

En del var så stympade efter skottskador och granatsplitter att de utan vare sig armar och ben transporterades som kollin nedstoppade i margarinlådor. En man som satt och väntade i en korridor på att hans papper skulle expedieras var skuren på mitten: sedd från ena sidan tycktes han helt oskadd, som hade han lyckligt undkommit krigets deformerande slaktmaskin och nu helbrägda var på väg hem, men då man passerade honom, berättade Ragnar Harling för mig, upptäckte man att han saknade såväl höger arm som ben. Dessutom var den högra ansiktshalvan bortsprängd. Han såg ut som en skyltdocka av vax som blivit stående för nära en brandhärd och till hälften smälts ner tills han inte utgjorde mer än en kuliss av en människa.

Alla dessa varor och människor som korsade gränsen behövde följesedlar, förtullningsdokument och klareringsintyg och dessa både kostade och alstrade pengar. Ragnar Harling fick vid ett tillfälle uppdraget att se till att en stor sändning citroner för ryska samovaraftnar skulle transporteras ner genom Finland till S:t Petersburg och vidare till Moskva. För sådana ärenden fick han gå över den Halldolinska bron för att från den ryske befälhavaren, översten Klimovitj, erhålla de nödvändiga dokumenten. Översten väntade honom på sitt tjänsterum. Klimovitj var en liten man i oklanderlig uniform, ridstövlar putsade av en adjutant och med ett överlägset leende som avslöjade en rad guldtänder i övergommen. När Ragnar Harling slagit sig ner i besöksstolen började han genast prisa det ryska Röda Korset. Han sade att han länge beundrat dess insatser, att den humanitära gärning det gjort naturligtvis inte gick att värdera, men att han trots det gärna ville lämna en donation till den ansedda organisationen. Klimovitj nickade tyst, varpå Ragnar Harling lade en försvarlig bunt sedlar på överstens skrivbord. Efter en ödlesnabb blick för att uppskatta sedelbuntens värde öppnade den ryske officeren översta skrivbordslådan och rakade ner pengarna i den, samt överlämnade de nödvändiga papperen för att citronerna skulle kunna nå sin destination.

En betydande del av Europas transportbehov fick ta vägen över Bottniska viken under krigsåren, och överste Klimovitj visste naturligtvis att utnyttja sin position. Men han var illa omtyckt, inte bara av dem som var tvungna att genom mutor och inställsamhet få sina transportärenden expedierade, utan även av sitt eget manskap. Man kunde se hans kortväxta gestalt på kaserngården då han inspekterade truppen vid morgonuppställningen: de förhöjda klackarna på de blankputsade ridstövlarna, uniformsjackan som ett skrädderi gjort lite fylligare med axelvaddar och med den höga kragen stramt pressad runt halsen. Vid morgoninspektionen hade han för vana att brutalt ge sig på dem vars uniformer, utrustning eller utseende i allmänhet misshagade honom. Då sparkade han dem på smalbenen och i skrevet tills de blev liggande på marken, vridande sig i plågor.

Och samtidigt var Klimovitj inställsam och krypande då rikshövitsman Svinhufvud kom på besök. Då prydde han sin uniform med i sin tjänstutövning erövrade eller helt enkelt till sig själv utdelade utmärkelser så att han framstod pyntad som en julgran, samtidigt som han talade om militärlivets enkla kamratskap. Då den kända rysk-svenska operasångerskan Andrejeua von Skilondz, firad koloratursopran vid Operan i Stockholm, passerade gränsen visste Klimovitj inte till sig i sina servila ansträngningar att tillmötesgå hennes önskemål. Det var inte utan stolt tillfredsställelse som Ragnar Harling berättade att det till överste Klimovitjs förtret dock var han och inte den ryske officeren som höll hennes arm då hon skulle eskorteras över bron.

En vinter kom det ryska kejsartåget uppforslat till Haparanda för vidarebefordring till Moskva. Tågsetet, som bestod av fyra ekipage uppdragna på godsvagnar och utrustat så att det gav bilden av ett rullande kejserligt lantslott, hade vid krigsutbrottet blivit kvar nere i Europa på fel sida om någon frontlinje. Det ryska hovet fick dock vänta på sina ekipage tills isen blivit så tjock på Bottniska viken att man kunde lägga räls över till den finska sidan i en spårvidd som var anpassad för de ryska vagnarna. De blev stående där i det täta snöfallet, de pråligt dekorerade vagnarna, som en juveluppsättning från Fabergé utställd på vit silkesduk i en juvelerares skyltfönster. Kuskarna som hjälpte till att dra vagnarna över isen stank av parfym från den ansedda firman *Berg et compagnie* i Paris, vars varor de stulit ur någon vilsegången transport och sedan filtrerat genom grovt bröd och druckit för att hålla värmen.

I början av 1918 fick Ragnar Harling lämna sin tjänst vid speditionsfirman då han blev inkallad till militärtjänstgöring. Han kunde dock föra med sig ett undanlagt kapital om tjugo tusen kronor, en betydande förmögenhet för en så ung man. Regementet där han placerades drabbades svårt av den epidemi av spanska sjukan som härjade under vårvintern och de inkallade dog som flugor runt honom. Även Ragnar Harling smittades och insjuknade. Han fick rådet av regementsläkaren att invänta sjukdomens naturliga förlopp och dess mestadels oundvikliga slutpunkt: att hans unga liv var slut. Men Ragnar tog matt och febrig sin inskrivningsbok och smög sig en tidig morgon osedd bort från regementet och lyckades, uppammande sina sista krafter, att ta sig till familjen i Filipstad. Hur det hade gått till sade han sig inte kunna minnas för färden var insvept i febertöcken och förvirring, som hade snön runt honom även börjat falla inne i hans kropp. Mot alla odds tillfrisknade han, fann sig bortglömd av de militära myndigheterna som nu efter krigsslutet trots allt inte hade samma behov av rekryter och knappast heller såg sig ha skäl till att beivra att en yngling räddade livet på sig genom att smita iväg på en utsträckt bondpermission. Ragnar Harling började planera för sitt vuxna liv.

Min farfar hade då redan startat sin import/exportfirma. Först etablerade han den i Sundsvall men flyttade snart till Stockholm. De varor som företaget i första hand ägnade sig åt att exportera var olika slags tjärprodukter från Pajalatrakten som var eftertraktade då det av kriget förödda Europa skulle återuppbyggas. Med en betydande del av sitt undanlagda kapital köpte Ragnar Harling in sig i min farfars firma. På de foton av dem bägge som jag fick se i Ragnar Harlings vardagsrum den där sensommareftermiddagen framstår de som två unga entreprenörer som självsäkert är övertygade om sina framgångar. Farfar odlade visserligen sina litterära intressen från realskoletiden i Sundsvall. Han hade låtit utge ett par böcker med samlad vers och även under pseudonym en prosabok med motiv från åren i Haparanda. Men han hade en nybildad familj att försörja och sådant låter sig inte göras på samlad vers. En eftermiddag då Ragnar Harling och farfar följt en nedrest tjärproducent till Centralstationen – "han hade grova träskostövlar, bruna byxor, randig kavaj och på huvudet en halmhatt prydd med en prästkrage", berättade Ragnar – började regnet falla och de beslöt sig för att ta en av droskorna som väntade utanför stationen. Redan när bilen svängt ut på Vasagatan upptäckte de en plånbok på golvet intill passagerarsätet och gjorde föraren, en ung man med en chaufförsrock som tycktes för stor för hans smala axlar, uppmärksam på fyndet.

– Kan herrn se vem den tillhör? frågade taxiföraren.

Farfar öppnade plånboken. Där låg en försvarlig bunt sedlar – svenska, danska och tyska – en del kvitton och ett fotografi. Dessutom fanns smala pappersremsor instuckna i plånboken med i fin stil nedtecknade listor med namn och siffror. Farfar berättade för chauffören att han inte kunde hitta något namn på plånbokens ägare, men att den innehöll såväl svensk som dansk och tysk valuta.

– Då måste den tillhöra den danske herre som jag just körde till Hotell Reisen, sade chauffören.

Han tystnade ett ögonblick och föreföll brydd.

– Skulle herrarna vilja följa mig dit och bevittna att allt går korrekt till? undrade han till sist.

Det dröjde inte länge innan taxiföraren var tillbaka på Skeppsbron utanför hotellet tillsammans med en kortvuxen karl i grå kostym med svart väst och en smal cigarr i sin ena hand. Han steg genast fram till de väntande i bilen och tryckte deras händer, presenterade sig som en herr Jörgensen och försäkrade farfar och hans vän att de räddat livet på honom. Och om inte livet, tillade han, så hela hans förmögenhet. Han drog hela bunten sedlar ur plånboken och sträckte fram dem.

– Som hittelön, sade han. Det är det minsta jag kan göra för herrarna. Pengarna betyder inget för mig, även om det var en betydande summa jag dumt nog bar med mig i plånboken.

Medan farfar och hans vän artigt avböjde ersättning för sitt fynd plockade mannen fram de smala pappersremsorna ur plånboken.

– Det är på de här som hela min framtid beror, fortsatte han. Vad som står på dessa papper kommer inom

38

ett par veckor att göra mig förmögen. Jag kan se att herrarna är erfarna affärsmän. Låt mig åtminstone bjuda in er på en liten toddy i hotellbaren så att jag får berätta.

När de var på väg in i hotellet hejdade sig dansken och vinkade till sig taxichauffören som dröjt kvar vid sin bil.

– Ni också, sade han. Utan er vakenhet hade detta kanske aldrig fått sin lösning.

De skakade alla hand och presenterade sig, taxiföraren inte utan blyg osäkerhet. Farfar höll fast hans hand sedan han hört chauffören säga sitt namn.

– Så han blev taxiförare till sist ändå, sade farfar. Nekar han fortfarande ryska revolutionsledare en drosktur?

Några år tidigare, när Holger visserligen varit körkunnig, men ännu inte hade börjat att arbeta som droskförare, hade Sylle i samband med ett anfall av fallandesjuka försökt förmå honom att ta över en körning. Men Holger hade nekat, kanske ovetande om att en av passagerarna var den ryske revolutionären Lenin på genomresa. Farfars ungdomsvän Ture Nerman, som hört till dem som stod vid Lenins sida den dagen, hade genom Sylle fått reda på Holgers namn och sedan flera gånger berättat historien för farfar och sina andra vänner. Senare skulle Nerman även återge den i sin memoarbok *Allt var rött*.

– Förlåt, jag förstår inte, herrn, mumlade Holger.

– Holger Ekeland, sade farfar. Vet ni att ert namn

gäckade mig så att jag använde det i en bok jag skrev härom året.

– En bok? mumlade Holger. Om mig?

– Nej, inte om er, sade farfar. Men jag använde ert namn som mitt eget, som mitt författarnamn. Fast egentligen får jag väl erkänna att jag faktiskt inte trodde att ni fanns. När min vän, som är poet, berättade om er trodde jag att ni var en skapelse av hans fantasi och inbillningsförmåga. Så som en replik till honom använde jag ert namn som mitt eget.

– En bok skriven i mitt namn? stammade Holger.

Farfar nickade.

– Som om jag själv hade skrivit den? fortsatte Holger.

– Javisst.

– Med mitt namn på... Frampå boken... Där framme, första sidan, omslaget...

– Holger Ekeland står det, sade farfar. Jag är ledsen om jag på något sätt har ställt till obehag för...

– Nej, nej, nej, avbröt honom Holger.

De blev alla stående tysta en stund. Ljuden från biltrafiken, som i det tidiga tjugotalet redan ersatt de hästdragna ekipagen, gummidäckens vinande i stället för de järnskodda vagnshjulens klapper, ropande röster, cyklisternas ringklockor, hela den föränderliga stadens trevande symfoni som slöt sig om dem... Och så från kajen smattret av vind i skutornas segel, skramlande tunnor som rullades över stenläggningen, den hesa visslingen från en ångbåts mistlur...

– Det här var ett misstag, herr Morgenstern, sade Holger och vände sig till den kortvuxne dansken vid sin sida medan han lugnt föste Ragnar Harling och farfar framför sig tillbaka till taxibilen. Det här är inte de herrar som herr Morgenstern söker.

Om Ragnar Harling och farfar hade följt med för att dricka den där toddyn i hotellbaren skulle de förmodligen redan någon dag därpå ha förlorat större delen av sitt kapital. Detta skedde ändå ett par månader senare, då den skeppslast tjärprodukter till Frankrike som de gjort upp om att vidareförsälja åt Pajalabon som de samma dag följt till Norrlandståget, blev levererad men aldrig betald. Den sista affär som gjordes i *K. Joh. Rådström & Co*:s firmanamn var då farfar för de återstående pengarna i bolaget förvärvade ett mindre parti tyska damkappor av sämre kvalité. Själv ville han dock inte slösa sin talang på att sälja de trettiotre illa skräddade kapporna, utan det blev Ragnar Harlings uppgift att hitta köpare till dem. I några dagar stod han i ett portvalv vid Ynglingagatan och försökte bli av med vad han beskrev för förbipasserande som det senaste från kontinentens modekonfektion. Sedan ett ensamt plagg försålts till reducerat pris och det visat sig att det inköpta partiet förmodligen var stulet och att vidare kommers kunde resultera i ett häleriåtal, grävde farfar och Ragnar Harling en sen kväll ner de resterande kapporna i Lill-Jansskogen. Farfar gick vidare till att bli redaktör och Ragnar Harling till mer framgångsrika uppgifter inom affärsvärlden än de han förelagt sig som farfars kompanjon, först hos *The North British Rubber Company* och därefter som marknadschef på ett stort svenskt teknikföretag. De skulle bägge komma att möta Holger Ekeland igen, men det är, som det heter, en annan historia. En sista bild bara från det vintriga Haparanda under kriget, innan berättelsen fortsätter:

Innan Ragnar Harling blev inkallad hade han en sista gång gått med min farfar över bron till gränsstationen på andra sidan älven. I bulletinerna från omvärlden hade de kunnat läsa om revolutionens segrar i Ryssland och om bolsjevikernas maktövertagande. Själva hade de hört upprörda rop och enstaka skott tidigare under dagen, men nu hade lugnet sänkt sig över landskapet. Det var en mild kväll. Till och med vintern, som så målmedvetet brukar handskas med världen, tycktes ha kommit av sig och strök bara drömmande kring i den sena eftermiddagssolen som svala vindkårar. Himlen stod hög och klar, bara något enstaka moln rusade fram över skyn som en jagad flykting undan krigets slagfält.

När de kommit till den andra sidan bron såg de en stor folksamling. Eftermiddagen då jag besökte honom sade Ragnar Harling att de varit så nära händelsen som hade de stigit ut från Nordiska Kompaniet och sett något som pågick i Kungsträdgården. Folkmassans rop var på en gång upphetsade och muntra, som gällde de ett dansbaneslagsmål eller en idrottskamp, när de trängde sig fram mellan raderna av upphetsade ryska soldater och berusade åkare och bönder. Plötsligt var det som om vintern trots allt bestämt sig och en isande vind drog genom folkhopen. Mitt bland folksamlingens sparkande ben låg den ryske översten Klimovitj med söndertrasad uniform och ett grovt rep bundet runt de inte längre blankpolerade ridstövlarna. Han skrek som en gris i en slaktmask.

Plötsligt öppnade sig folkmassan och repet runt överstens ben spändes. En soldat red barbacka på hästen runt vars manke repets andra ände var fäst. Överstens skrik tystnade snart och hans livlösa kropp trasades sönder då den släpades runt över den hårda kaserngården. Farfar backade förskräckt tillbaka men kunde inte förmå sig att sluta se på det makabra skådespelet. När några soldater till sist hängt upp överstens lik i en stolpe och folkhopen började se sig om efter nya mål för sin uppväckta förstörelselust tog Ragnar Harling min farfar under armen och drog honom med sig tillbaka mot Halldolinska bron. Vinden hade blivit kall och bitande. Farfar var vit i ansiktet och hans kropp skälvde av ansatser till kräkreflexer. När de gick över bron höll Ragnar Harling honom hårt i armen och upprepade gång på gång i hans öra:

– Visa inte att du är rädd. Skaka inte så. Gå bara lugnt över bron och visa inte ett ögonblick att du är rädd.

III

TROTS HOLGERS OBERÄKNELIGA oro och ständiga ombytlighet hade Linet nog ändå trott att hon och han skulle få se sina liv sammanflätas i något som liknade allt det som utgör en familj. Visst blev det också så för en tid och så för en tid igen och så ännu en tid. En familj om två, ett litet hem med fönstren öppna mot framtiden, ett rum där ett och ett blir lite mer än två. Men de fick aldrig vila i det, så som Linet hade önskat, i stället blev det som att springa på sjunkande isflak på Riddarfjärden om våren: de var tvungna att vara i ständig rörelse för att inte försvinna under ytan... Kanske hade allt varit annorlunda om inte Holger hade hört talas om den där negerrevyn, om han inte envisats med att fortsätta se Sara som sin mor, trots att det enda han visste om sin härkomst var att han inget visste om den, om inte stensplitter från en rikoschetterande kula under en skottlossning i München trängt in i benet på en tysk flygofficer och den därpå följande smärtlindringsbehandlingen givit patienten en omättlig smak för morfin...

Linet tyckte att Sara var så liten där hon stod intill en solrosbänk i trädgården på Långbro sjukhus. Man berättade att Sara var ute så fort hon gavs möjlighet, hjälpte till i trädgården och gick runt, runt, runt sjukhusområdet tills klänningsfållen var fransig och benen strimmiga av tunna sår efter att hon vandrat bland snåren längs med sjukhusområdets gallerstaket. Hela tiden hade hon fåglar kring sig. Nötväckan rusade som en pil förbi henne, lövsångaren kallade henne i sin aldrig riktigt utförda visa från buskagen, koltrasten slöt sitt svarta knyte som en mörk måne i trädkronan. Så länge hon var kvar på Konradsberg och trodde sig leva i ett slott på havets botten hade hon varit långsam och avvaktande, innesluten i en stelnad dröm som en karp i en damm. Och så hade det där inträffat som slet henne ur dammen och kastade upp henne bland fåglarna.

Vad som hänt var att en av de manliga intagna hade givit sig på henne i parken. När en skötare hade fått syn på dem hade hon redan tvingats ner bakom ett buskage och mannen börjat slita i hennes kläder. Men själv var hon inte längre där. Hon var en fisk som hade kastats upp på bryggan och upptäckt att luften var dess verkliga element. Försökte någon röra vid henne så kunde hon bara stiga allt högre och högre, tills luften blev tunn och stjärnorna bröt genom atmosfärens ljusblå ridå. Hon hörde till fåglarna nu och fåglarna var alltid kring henne. Hon smög undan bröd och skorpsmulor och gick i trädgården med fåglarna fladdrande kring sig som stavelser som försökte samla sig till en mening. En sparv bland sparvar, en dag av vingslag, ett läte som kallade löven att när som helst lyfta ur träden och teckna notstreck över himlen...

Sara var så liten, tyckte Linet. Hon visste att Sara och Holger under några år bott tillsammans med Margit och hennes lilla dotter i gårdshuset på Fleminggatan. Själv hade hon varit för liten för att minnas det. Linet var bara några år, men en högsommareftermiddag när Margits unge varit dålig hade hon varit där med sin mor och sett till den lilla. Flickan med den snedställda foten hade varit sjöblöt av svett, matt och glansögd av febern. Hon hade inte varit äldre än Linet själv, men där Linet hade stått vid hennes sängkant och hört hennes flämtande andetag, sett hennes på en gång bleka och feberrosiga ansikte, känt den sura lukten från uppkastningarna i spannen vid väggen, hade hon ändå varit mycket större än den sjuka. Margit hade frågat om inte Linets mor var rädd att hennes dotter skulle smittas.

– Inte min flicka, hade mor sagt. Det hon sjuknar i ska hon ha och ta sig igenom. Inte blir man mänska av det onda och sjukliga, men som mänska kommer man inte undan det heller. Blir hon sjuk så blir hon, men inte blir hon sjuk, min flicka...

Inte min flicka... Inget trodde Linets mor skulle kunna röra vid hennes flicka. Inget skulle kunna drabba henne. Hon tyckte väl kanske inte att Holger var det allra bästa som kunde hända Linet, men hon tyckte om

49

honom, skrattade åt hans upptåg och tog hans oberäknelighet för charm. Och så tyckte ju Linet om honom.

Holger visste naturligtvis att använda sig av att Linet stod så nära sin mor. Som den gången han kommit inrusande till henne hos sömmerskan. Plötsligt hade han bara varit där, med andan i halsen och iklädd en på en gång allvarlig och spefull min.

– Din mor har blivit sjuk, hade han sagt och dragit henne med sig.

Hon hade känt hur hjärtat bultat i kroppen och hur benen kändes svaga.

– Sjuk?

– Ja, eller skadad, det är inget farligt men vi måste genast till henne, sade han och hon slet skrämt av sig förklädet sedan fru Markgren med en nick bekräftat att hon kunde gå till sin mor.

– Är mor skadad? sade Linet. En olycka?

– Ja, en olycka, svarade han. Skynda dig nu, vi har bråttom.

Och ändå hade han hejdat sig i dörren när de var på väg ut i droskan och vänt sig mot hennes arbetsgivare.

– Fru Markgren, hade han sagt. Har frun kvar den där dräkten ni lät prova på Linnea häromdagen? Kunde inte Linnea få låna den? Jag menar... besöka sin mor i arbetskläder på Serafimerlasarettet, och tänk så glad hon ska bli, hennes mor, att se sin dotter i fina stadskläder som hörde hon till en av svängstolsfolket som kommit upp sig...

Hur det blev så fick de med sig dräkten och redan då

de rundade hörnet på Industrigatan saktade han ner bilen och sade att hon inte hade något att oroa sig för. Han sade att han antog att hennes mor som vanligt stod och slet i tvätteriet på Fleminggatan och ville Linet så kunde de gärna hälsa på hos henne på kvällen, kanske bjuda henne på en åktur i droskan och dricka en kopp kaffe på ett kafé någonstans, om nu allt bara gick som var tänkt...

– Är inte mor skadad? frågade Linet förvirrat.

– Något var jag ju tvungen att säga för att få dig med mig, skrattade han. Annars hade både du och markgrenskan sagt nej.

– Och mor? envisades hon.

– Inget fattas henne, säger jag. Men mig fattas det något och det är en liten blond kontorist med en bunt affärspapper innanför dräktjackan. Du behöver inte säga något, bara nicka och se skrämd ut, visa att du måste tillbaka med papperen så fort som möjligt...

– Jag förstår inte, sade hon.

– Det finns inget att förstå, sade Holger. Morgenstern gör resten. Seså, ur bilen nu.

De hade stannat på Gamla Brogatan, vid Oscarsteaterns sceningång. Han sköt henne framför sig över trottoaren fram mot dubbeldörren under stallyktan. Hela tiden pratade han med henne, så att hon aldrig hann ställa några frågor eller börja tveka över vad han egentligen ville av henne. Vaktmästaren vid scendörren nickade åt Holger som om de sedan länge kände varandra och när de gick upp genom huset hördes gräl och skratt, musik och suckar från rummen som de passerade. Enda gången Holger tystnade var då han stannade till utanför en dörr, knackade på och försiktigt sköt upp den. Hon kunde se att logen där inne var tom, men Holger steg ändå in, drog ett tunt litet kuvert ur innerfickan och lade det i den lilla draglådan under sminkbordet. Samtidigt tog han ett par sedlar och stoppade på sig.

– Affärer, liten, sade han när han kom tillbaka till henne i korridoren och stängde logedörren efter sig. Affärer.

Från scenen hördes klappret från dansande fötter som övade ett nummer till rytmen av ett hamrande piano. En man försökte med sprucken röst räkna sig genom musikens takt och slog med en käpp i scengolvet. Holger drog Linet med sig och fortsatte mässande rada upp sina instruktioner för henne.

– Allt du behöver göra är att se ut som om du var så rädd och orolig som du ju ändå är, inte sant? sade Holger. En skrämd kontorsflicka från enkla omständigheter som vet att hon gör något som hon inte borde, men som ändå inte kan låta bli eftersom hon har sett en så söt liten klänning i fönstret på Nordiska Kompaniet och även nu sedan de stängt avdelningarna för de allra dyraste lyxvarorna är sådant alldeles för kostsamt för ett skrivbiträde med osäker anställning och så har hennes mamma ju blivit dålig och behöver läkarhjälp och medicin...

– Är mor dålig ändå? hejdade Linet honom.

Han skakade bara på huvudet och sköt henne framför sig vidare ner genom korridoren.

– Nej, nej, men mamman till den du låtsas vara har blivit lite krasslig, sade han. Du måste tänka dig att det nu är i fantasin du lever och att allt som händer dig sker som på en teaterscen. Det viktigaste är att publiken där ute tror på dig. Och kanske är det så att om publiken ska tro dig så måste du också tro på dig själv. Din mor, hon har blivit sjuklig, stackarn, febrig och orkar inget som förr och så har du dina små syskon att tänka på, det är ju kristider och då får var och en se till sig själv och dessutom sänkte firman där du arbetar din lön med trettio procent förra veckan så till vad ska en ensam flicka egentligen sätta sin lit... Tänk dig att du provfilmar för Stiller, tänk dig att Sjöström vill ha dig med till Hollywood, tänk dig att Brunius sätter sitt hela hopp till dig.

Han knuffade upp en logedörr.

– Provfilmning? mumlade hon och såg på kvinnan som satt och bläddrade i en tidning där inne och väntade på dem.

Kvinnan tryckte ut sin cigarrett i ett askfat som stod inträngt mellan alla puderburkarna på bänkskivan framför sminkspegeln, reste sig ur stolen och sköt fram den åt Linet.

– Så lilla älsklingen ska provfilma? sade hon lojt utan att vänta på svar.

– Visst ska det bli provfilmning, hakade Holger på. Det är Molander som behöver en kontorsflicka för Arehn och Ekman att svärma kring.

Han tryckte ner Linet i stolen framför spegeln.

– Gör Linnea söt, men vanlig, sade han och räckte fram dräkten han lånat av markgrenskan. Och så får du dra på dig det här, Linet.

Holger blinkade åt henne innan han försvann ut genom dörren.

– Så fröken är aktris? sade kvinnan och började stryka puder på Linets kinder.

Hon skakade på huvudet.

– Inte? fortsatte kvinnan. Men vill väl bli? Jodå, jag ska göra henne söt. Det är hon redan, men jag ska göra henne söt så att det syns. Den där vanligheten får hon väl däremot bidra själv med. Vanlighet hör inte till lagervarorna här på teatern och när man väl behöver den finns den inte på burk. Men lite vanlighet kanske hon själv kan mäkta?

Holger väntade i korridoren på henne när hon fått på sig dräkten. Hennes kinder kändes stela av puder och någon kräm som fick henne att se ut som om hon hela tiden rodnade. Holger räckte henne en bunt papper samlade i en brun mapp.

– Här har du sagan vi ska berätta, sade han. Det är du som ska få publiken att tro på den.

– Publiken? frågade Linet, men då hade redan Holger sprungit in i en annan loge där han slet åt sig en telefonlur.

– Är publiken på plats? hörde Linet honom fråga i luren.

Tydligen fick han ett undrande svar, för han försäkrade den som lyssnade i andra änden av linjen att hon verkligen kunde sin roll.

– Hon är själva bilden av en kontorsflicka som försöker skaffa sig en liten inkomst vid sidan om och dessutom göra sin fästman lycklig, sade Holger i luren. Hon är helt rätt i rollen, jag försäkrar.

Till sist hade han bara lagt på efter att ha meddelat att de skulle vara där om tio minuter. När de sprang trapporna vidare upp i huset försökte hon få honom att berätta vad han menade med det han sagt i telefonen.

– Regissören är lite orolig bara, sade han. Han hade väl tänkt sig en aktris som redan var van vid rollen.

De kom ut på en ramp uppe i tågvinden högt över scenen. Långt där nere under dem stod tolv dansöser på rad framför en regissör som försökte få några danssteg att stämma mellan dem.

– Jag är ingen aktris, Holger, sade Linet och försökte hejda honom.

– Och i det här behöver du inte heller vara någon aktris, sade han och drog henne vidare genom en dörr som ledde ut till teaterns tak. Allt du behöver göra är att stå med sagan i famnen och ge sken av att du inte vet vad den betyder, men att du förstår att den är farlig.

– Men jag vet ju inte vad den betyder, sade hon och försökte hålla reda på papperen i sin famn så att inte vinden förde dem ut över stadens gator.

– Så behöver du ju inte ge sken av det heller, sade han och drog med henne in genom en dörr till grannhuset.

De gick genom en smal passage med några stegar lutade mot väggen, ner i ett trångt bakre trapphus och vidare en kort gång mellan tomma vindskontor för att till sist komma ner i den ena av Kungsbropalatsets stora trappor.

– Du låtsas att du kommer från ett av kontoren här och att du har smugit undan några papper, viskade Holger till henne. Dröj fem minuter och gå sedan ner i porten där regissören och publiken väntar. Det ska nog gå bra.

– Regissören? mumlade hon.

– Ja, honom känner du ju, svarade Holger. När allt är över går du bara tillbaka med papperen samma väg som vi kom, tillbaka ner i teatern där du har dina saker. Jag kommer och hämtar dig så fort sagan är berättad och betet agnat och bytet på kroken. Då ska vi fira.

– Fira? sade hon, men det fanns naturligtvis inte tid för några frågor mer.

Holger försvann genom passagen upp mot dörren till taket. Överallt var det liv och rusande steg i trapphuset. Springpojkar tog två steg i taget i trappan och kontorsflickornas klackar klapprade lika rytmiskt där de skyndade mellan kontoren som den repeterande baletten nere på teaterscenen för en stund sedan. Ett skrivbiträde med gröna underarmsskydd över sin vita skjorta kom uppför trappan och hälsade kort på henne som kände de varandra från tidigare. Hon höll mappen med papper tryckt intill sig och kände hur andetag och hjärtslag lekte tafatt i hennes bröst. Hon rörde sig försiktigt som i en porslinsbutik, rädd att stöta till det anonyma jäktet runt henne och se skådespelet falla till golvet i splitter. Ett steg i taget, ett steg i taget, tänkte hon, och hur skulle hon annars ta sig nerför trappan? Men hon var tvungen att säga sig själv det: ett steg i taget, ett steg i taget, ett steg i taget...

Som allt annat i deras liv – tillfälligt, slumpartat, plötsliga utbrott av upprymdhet eller uppgivenhet och sedan samma trevande sökande efter innehåll åt dagen, efter vila i den egna kroppen, efter hoppet om en meningsfull framtid. I sin ensamhet i trapphuset gnolade hon tyst för sig själv visan som hennes mor brukat sjunga:

> *Himlens stjärnor på himlen blänka*
> *Himlens klockor i himlen klämta*
> *Det ropar något i mitt bröst:*
> *– Vem har väl jag som vill ge mig tröst?*

När hon kom ner i porten var inte Holger där, men väl intill ena långväggen två herrar som hon genast förstod väntade just henne. Den ene av dem var okänd för henne, men Morgenstern kände hon genast igen, trots att han snarare var klädd som bankir än som den gatugalant i vars skepnad hon tidigare sett honom. Han förde sin ena hand till hattbrättet och vinkade henne till sig.

– Jag förstår att vi inte har mycket tid, fröken Ardbro, sade Morgenstern. Min affärsvän direktör Svensson här är också helt införstådd med det pressade i situationen. Får jag föreslå att vi går ut i bilen, kör några varv runt kvarteret och klarar av att titta på papperen så snart som möjligt.

Allt hon behövde göra var att nicka och följa med dem ut i Holgers droska som stod parkerad vid trottoaren. När de satt sig tillrätta lämnade hon över pappersmappen till Morgenstern, som genast slog upp den och sträckte fram den till sitt sällskap. Linet kastade en blick på Holger som satt i framsätet. Han satt med ryggen mot henne, som var han den obekante taxiförare som inget visste om vad hans passagerare hade för sig och som inget ville veta. Han svängde ut från trottoarkanten och började köra upp mot Norra Bantorget.

– Direktör Svensson är ju själv erfaren affärsman, sade Morgenstern till karln vid sin sida. Inte behöver jag visa en kunnig herre som direktör Svensson vilken säker affär det här är. Ett snabbt byte av namn på en kvittering och direktör Svensson kontrollerar aktiemajoriteten i ett företag som genom sina världsomspännande solida affärsförankringar seglar förbi denna kris som alla tycks tro är oövervinnelig.

Den andre mannen nickade allvarligt och såg på Linet. Hennes ögon var inte längre lika skrämt stirrande, nu när hon förstått om inte sin roll så dess betydelse i spelet. Mannens blick sänkte sig till hennes knän där strumpkanten skymtade sedan kjolen glidit upp en bit över låren då hon satt sig tillrätta i sätet. Hon drog kjolfållen över knäna samtidigt som hon tänkte att den där karln var inte mer av van affärsman än vad hon själv var kontorsflicka. Hans illasittande byxor med uttöjda knän och den fumligt knutna rosetten under den för trånga stärkkragen hörde snarare hemma hos en storbonde som gjort sig en slant på att sälja skog åt något tändstickskonsortium och i inflation och kristid var orolig för hur han skulle få behålla pengarna. Av hur han pratade när han sade något till Morgenstern kunde hon inte bestämma sig för om hon trodde att han var värmlänning eller dalmas. Men att han kom norrifrån eller från inlandet begrep hon.

– Som direktör Svensson ser är det en säker affär när man tittar i de här konfidentiella akterna, sade Morgenstern. Fördelningen mellan stam- och preferensaktier tillsammans med den ännu konfidentiella uppgiften om preferensaktiens ackumulerade utdelning som blir offentlig först nästa vecka gör att kursen redan till månadsskiftet kommer att vara uppe i det dubbla värdet. Därför måste här handlas snabbt, det enda vi har emot oss är tiden. Om jag hade lite bättre med tid skulle jag ha genomfört den här affären själv, men som jag berättade för direktörn har jag mina tillgångar bundna i fastighetsaffärer i Danmark för tillfället. Det är därför jag erbjuder direktör Svensson den här möjligheten. Affären har jag, men tillfälligheter tvingar mig att söka hjälp med kapitalet.

Mannen som Morgenstern så inställsamt kallade direktör stirrade i papperen som var de skrivna i gamla otydbara hieroglyfer.

– Det är inte helt klart för mig vad som menas med de här siffrera, mumlade han och i hans dialekt drogs vokalerna ut till sjungande bräkanden och konsonanterna som ändade orden klipptes i vad Linet antog speglade det karga i karlns hembygd. Vad menas egentligen med depositisjon...

Hennes blick mötte Morgensterns. Hon kunde se att han kände hur han höll på att förlora publiken och att sagan var på väg att gå honom ur händerna. Holger körde lugnt bilen runt kvarteren, förbi Vasan som gav en fars, *Spökhotellet*, runt hörnet över Norra Bantorget och så Järnvägsgatan längs med Centralstationens norra bangård och upp förbi Oscarsteaterns sceningång på Gamla Brogatan igen och tillbaka runt hörnet in på Vasagatan...

– Jag trodde att herrarna gick att lita på, sade hon plötsligt och slet till sig mappen med papper ur händerna på karln. Deposition, det är klart att det behövs en deposition, det begriper väl varenda människa. Herrarna riskerar ingenting, men för mig står arbete, försörjning, allt på spel... bara genom att visa er de här uppgifterna...

Hon tystnade och snyftade till för att understryka risken hon tog i att visa dem handlingarna.

– Senast i går sa chefen att om det här kom ut så skulle hela börsen skälva, fortsatte hon med lätt sprucken stämma. Nu förstår jag att herrarna inte är de affärsmän ni utgav er för att vara...

Det blev tyst i bilen för ett ögonblick. Trafiken utanför, folkhoparna som drev fram och tillbaka längs med husväggarna, bilhornen, klockan från en spårvagn som passerade...

– Stanna bilen och låt mig stiga av, sade hon bestämt och vände sig till Morgenstern. Jag förväntade mig av herrn att han höll sig med affärsvänner som visste vad de gjorde. Jag må vara ett enkelt kontorsbiträde, men nog begriper jag mer än vad herrarna tror...

Morgenstern stirrade förbluffat på henne med en blick där raseriet och skrattet slogs om herraväldet. Han drog efter andan för att säga något, men avbröts av mannen vid sin sida.

– Vänta nu lite, vänta nu, sade han och torkade sig i ansiktet med en stor näsduk. Det finns ingen anledning för fröken att vara så där stursk. Det är klart att en ser en god affär när en har en framför sig...

Han tog tillbaka mappen från Linet och började åter bläddra i papperen, nu med minen av en van och kunnig uttolkare av affärshandlingar. Så de blev kvar i bilen några minuter till, alla med var sin roll som de varsamt spelade med allt större inlevelse och auktoritet. När Linet sedan stod uppe i trapphuset till Kungsbropalatset med hjärtat hårt bultande i sitt bröst kände hon sig egendomligt lycklig och tillfreds över ögonblicken av spänning där i bilen. Att träda in i en annans gestalt, att för en stund iscensätta en annans liv, att under några ögonblick lyfta upp en saga ur vanligheten... Där hon stod och hämtade andan förstod hon plötsligt mer om vem Holger var än någonsin tidigare. De som passerade henne på väg mellan kontoren tycktes inte se henne, eller så såg de henne som en av dem. Hon var en annan och där inne, i den andra, kunde hon vara sig själv. Hon tänkte på när hon några veckor tidigare följt Holger ut till Långbro för att se till Sara. Holger hade talat med en av läkarna om möjligheten att ta med Sara utanför murarna, att kanske till och med låta henne bo hemma hos honom i lägenheten ett par dagar.

– För Sara bär sken och verklighet inga budskap som skiljer det ena från det andra, sade doktorn.

De stod på trappan till en av paviljongerna. Genom ett öppet fönster kunde de där inifrån höra skriken och rösterna, skratten och suckarna, hela den mänskliga symfoni av förvirring som ensamheten hade satt sig i dirigentpulten för.

– Sara Ekeland har hittat sin trygghet i det fördrömda, fortsatte doktorn. Där är hon hemma. Vi ska inte oroa henne med annat. Ni får låta henne tro det hon vill. Hon tycks ju till exempel tro att ni är hennes son. Sara har ju aldrig fött något barn, men vi får låta henne tro det. Sådana föreställningar hör till sjukdomen och skulle vi försöka ta dem ifrån henne skulle det bara göra henne olycklig och orolig.

Holger hade nickat.

– Jag lovar att fortsätta kalla henne mor, sade han.

– Då är vi överens, sade läkaren och drog ett fickur ur läkarrockens inre och sneglade på det.

– Jag är hennes son, sade Holger, mest som ville han smaka på frasen.

– Vem är ni förresten? frågade läkaren och stoppade undan klockan.

– Jag? sade Holger.

– Ja, ni är ju inte hennes son...

Läkaren var redan på väg därifrån, i andra tankar, i en annan värld...

– Jag? upprepade Holger. En släkting bara.

– Ja, det är bra. Jag antar att Sara ska vara glad att hon har någon som visar henne sådan trofasthet. Gudskelov har inte alla våra intagna det så. Då skulle det bli ett evigt springande som vi fick göra något åt...

Läkaren tystnade, tvekade ett ögonblick om han skulle förklara sig och vände dem sedan bara ryggen. Efter ett par steg uppför trappan hejdade han sig dock.

– Har jag hört rätt att Sara... er mor har ett förflutet som andeskådare? undrade han.

– Min mor var några år före kriget verksam som medium, svarade Holger. Ja, det stämmer.

– Hade hon något att göra med skrivmaskiner?

– Ja, min mor skrev ner det andarna sade henne på skrivmaskin, sade Holger. Tidningarna kallade henne för Det Maskinskrivande Mediet.

– Ja, man ger själv namn åt de röster som kallar en, sade läkaren och försvann in i byggnaden.

De stod en lång stund stilla och såg på porten som sakta slutit sig framför dem.

– Mor, hade Holger till sist sagt för sig själv som för att pröva ordet i sin mun. Mor, mor...

Linet hittade till sist fram till dörren på Oscarsteaterns tak och ner till tågvinden över scenen. Man hade tagit en paus i repetitionerna där nere. Hon hörde röster, några flickor som skrattade, någon som ropade en fråga.

Kulisserna tycktes vända sina ansikten upp mot henne och kalla henne till sig. Nyss var där en park, en stadsgata, ett värdshus och sedan bara ett par skärmar hållna på plats av ett par pundare. Sken.

Linet fick sitta en knapp halvtimme i logen och vänta tills Holger till sist dök upp för att hämta henne. Hon hörde hans skratt redan ute i korridoren.

– "Jag trodde att herrarna var affärsmän som gick att lita på", härmade han henne när han sköt upp dörren.

I famnen höll han ett stort fång rosor och en konfektask från Ejes Chokladfabrik.

– Vilken debut, fortsatte han. Morgenstern var överlycklig. Han sa att utan ditt inhopp hade det aldrig gått. Nu skrev klienten på reversen och reste hem för att hämta pengarna.

Men hur det till sist blev så visade sig karlns revers när de kommit till banken för att lösa in den lika värdelös som de aktier Morgenstern sålt på honom. Det lilla kapital Morgenstern använt som bete för att locka mannen in i affären försvann dock med samma tåg som de satt karln på i tron att han i hemmiljö skulle få begråta följderna av sitt bristande affärssinne. Föreställningen de satt upp slutade till sist i att Holger fick lösa ut Morgenstern från hans hotell. Karln de tagit för lättlurad skogsägare var den ende som gick med förtjänst ur historien. De hörde något år senare talas om honom i en omfattande bedrägerihärva kring några gruvrättigheter i Bergslagen. Efter ett par veckors tröstlösa försök att låta den enkla sagan med plånboken i taxins bak-

64

säte ge utdelning accepterade Morgenstern till sist att även bedrägerinäringen påverkades av kristiden och reste hem till Köpenhamn för att avvakta bättre tider.

Men när Holger kom för att hämta Linet i logen på teatern levde de fortfarande i den berusande tron att framgången tagit dem i sin famn.

– Vilken debut, upprepade han, sjönk ner i en stol intill henne och lade blommorna och chokladasken i hennes knä.

Och kanske var det något av en debut. Medan hon suttit i logen och väntat hade direktör Ranft själv passerat i korridoren. Han hade stannat till när han såg henne och tagit ett par steg in i logen.

– Och vad gör fröken här? hade han frågat.

– Väntar, hade hon svarat.

– Väntar på att bli upptäckt måhända? Sjunger hon? Dansar? Eller har hon kanske andra färdigheter – slukar svärd eller kan hålla sjutton bollar i luften samtidigt som hon läser dikter av Karlfeldt utantill och gör en imitation av Branting med knäna?

Hon hade skrattat och skakat på huvudet.

– Skratta kan hon i alla fall, hade direktör Ranft sagt. Det räcker långt. Hon är väl aktris kan jag tänka?

Hon ryckte bara på axlarna, osäker på om hon alls borde säga något.

– Vet hon inte själv så är hon nog riktig aktris ändå. De där som vet alldeles säkert vad de gör och tror sig vara omistliga blir det sällan något riktigt av. Titta på mig – en teaterdirektör utan publik. Jag trodde jag visste precis vad publiken önskade och nu står salongen halvtom. Allt har jag prövat – operett, fars, komedi, men vill inte publiken så vill den inte. Tills sist spelar aktörerna bara för tomma säten och då kan de som kommit lika gärna gå. Jag borde ha satsat på telefoner eller tändstickor i stället, det verkar vara där som pengarna ligger. Alla kan ju inte som herr Rolf slå sig på jazzdans eller allt annat som för tillfället är på modet. Och ändå...

Han tystnade. Gatuljuden utifrån blandades med det svaga klappret av baletten som åter börjat repetera till pianot nere på scenen. Det lät som hade någon bjudit upp till dans i underjorden.

– Hör, hade han sagt. Lyssna. Vem vill leva i ett hus utan ljudet av människor som sliter bara för att under några minuter få andra att glömma vardag och tristess... Lyssna, en shimmy, inte sant?

De dansande stegen där inifrån huset, som slagen från ett haltande hjärta som ändå jublar.

– Det är sött av henne att tveka, hade direktör Ranft sagt. Men vill hon bli aktris så ska hon inte tvivla på sig. Vill hon bara så kan hon kalla sig aktris direkt.

Aktris, tänkte Linet. Aktris.

– Och hon ska inte vara rädd, sade direktör Ranft. Det är det enda som betyder något när man kommit upp där på scenen: att inte vara rädd.

Han såg trött ut och ett par år därefter skulle han vara tvungen att låta teatern gå sig ur händerna efter ett par säsonger av sviktande publik, felbedömda satsningar och misskötta affärer. Orden han hade mumlat innan han gick antog Linet lika mycket gällde honom själv som henne.

– Var inte rädd, hade han sagt och nu såg han inte längre på henne, nu var han redan på väg någon annanstans. Var inte rädd. Var inte rädd.

IV

JA, HAN HADE försvunnit från henne, plötsligt varit borta som en överraskande vändning i väderleken och sedan åter kommit tillbaka. Han hade flyttat från det trånga krypinet på Prästgatan och hittat en lägenhet på Bondegatan i ett nybyggt hus. Hur han lyckats med det förstod hon inte. Hon tänkte på hur Sylle bodde med sin bror bakom ett skynke i en avskild del i en skolaula och att de själva hemma hos mor hade en hyresgäst i den lilla hallen mellan rummet och köket. Kanske bidrog just bostadsbristen och trångboddheten till att hennes mor accepterade att hon så ofta stannade hos Holger.

Modern hade frågat henne om giftermål och sagt att hon skulle vara försiktig och inte hamna i olycka. Men att hennes dotter hittat någon som hon tyckte om och som tog hand om henne räckte långt för Linets mor. Och så tyckte hon ju dessutom själv om Holger. Hon tyckte om hur han kunde få både henne och Linet att skratta och glömma sig själva och precis som Linet tyckte hon just om oberäkneligheten, det där som kunde skrämma andra. När hon varit hemma hos dem i den nya bostaden på Bondegatan såg hon ju att hennes dotter var sörjd för: soffan och kommoden var nya från ett snickeri vid Tantolunden och i hyllan fanns böcker vars titlar hon stavade sig igenom: *Det nya riket, Norrlandsgulasch, Det blå spåret, Casanovas hemfärd, Stilettkäppen...* Holger var arbetssam och ansvarsfull, det kunde hon se.

Vad gällde lägenheten förstod Linet åtminstone så mycket att utan den där doktor Holmström på Rådmansgatan, som Holger så ofta gick ärenden åt, hade han varit kvar på Prästgatan. I garderoben i lägenheten hade Holger en liten kartong med små glasflaskor och kuvert som hade med doktorn att göra. Då hon någon gång frågade om den hade Holger sagt åt henne att aldrig röra den.

– Det där är viktiga medikamenter, hade han sagt. Det är tjänster jag gör åt doktorn. Bistår patienter, gör viktiga hembesök, sörjer för de behövande. Detta är något jag har fått hand om i största förtroende. Fråga inte mer. Fråga inte.

Fråga inte. Det var hans vanligaste svar när hon undrade vad han egentligen gjorde när han drev runt med taxibilen halva nätterna, varför droskägaren lät honom använda bilen nästan som han ville, vilka flickorna var som hon sett honom stå intill bilen och prata med tills ett par av dem följde med honom till ett hotell längre ner på gatan...

– Linet, min vän, sade han bara. Fråga inte. Fråga inte. Nu är det bara du och jag.

Men så var han borta igen, kom inte till Fleming-
gatan och hämtade henne på ett par veckor, och senare
när hon bodde med honom på Bondegatan kunde han
lämna henne ensam flera nätter i sträck.

Fråga inte... Fråga inte...

Kristina träffade han i Cecils garderob. Tidigare
hade hon arbetat som biträde på Nordiska Kompaniet,
burit pilsnerbuteljer på en hall vid Rosenlundsgatan
och sålt biobiljetter i kassan på Skandia. Och nu stod
hon som garderobsflicka på Cecil, klädd i smal dräkt-
jacka med blanka knappar och håret samlat i nacken i
en liten knut. Hon var blond, men inte gyllene rågblond
som Linet, utan ännu mer urblekt vitgul, som sprött
frostnupet gräs om senhösten, som antarktiska dröm-
mar om ljus. Holger hade stött samman med henne en
kväll när han lämnat av en kund vid Cecil och dröjt kvar
utanför i väntan på en ny körning. Vad var det som gjorde
att han släppte greppet kring allt annat och följde just
henne? Förälskelse, naturligtvis, den där plötsliga för-
lusten av fotfäste som trots all svindel och osäkerhet
väcker känslan av trygghet. Förälskelse, naturligtvis.
En plats för fantasin att skapa illusionen av att dröm-
marna äger kropp. Linet visste att mot sådant var han
alldeles maktlös. Holger var borta från henne och vad
han än lovade så visste hon att hon hade förlorat ho-
nom. Ett barn, kunde hon tänka, hade de fått det där
barnet de talat om, då hade de fått förenas kring ett liv
som visade dem att ett och ett ibland är mer än två, då
hade allt det där andra kanske aldrig hänt. Ett barn –

som skydd och som livboj. Ett barn – redan som tanke både så lockande och så skrämmande, och ändå kunde den tanken famna hela drömmen om deras liv tillsammans. Men nu var han fångad mitt i förälskelsens malström, som en som drabbats av svindeln och nu var lycklig över att falla.

Kristina bodde i en vindskupa där Södermannagatan tar slut ovanför Katarinavägen. Lutade man sig tillräckligt långt ut genom hennes fönster kunde man se ut över hela hamninloppet och nedanför skramlade spårvagnarna förbi hela nätterna längs med den tysta rälsens paternosterband i en aldrig avslutad bön. Hon var uppvuxen i ett torp neråt Haninge, det näst yngsta bland nio andra syskon, i en familj där slaget var ett lika vanligt sätt att meddela sig genom som det talade ordet. En morgon, hon hade bara varit fjorton år gammal, såg hon i faderns lilla rakspegel, intill strigeln han så ofta brukat på både hennes syskon och hennes mor. Där mötte henne ansiktet hos en främling som hörde hemma var som helst men bara inte där. Samma dag hade hon gått från sitt arbete som piga i ett garveri, där Mäster hela tiden snodde runt henne och alltsedan hon börjat givit henne blåmärken över skinkorna med sina ständiga små tjuvnyp. Sin yngre bror var det enda av syskonen hon saknade. Hon kunde drömma om honom ibland, hur han letade men ingenstans kunde finna henne och hur hon stod och ropade på honom utan att han någonsin hörde henne. Hennes lille bror som tryckt sig så tätt intill henne i utdragssoffan i torpet, som skälvt till så fort fadern rörde sig i sängen intill, skakande som var han rädd att allt det som skrämde honom skulle kunna leta sig långt in i hans drömmar. Sin lille bror saknade hon och även den näst äldste brodern förstås, han som vådaskjutits under en exercisövning två dagar efter att freden slutits i Versailles. Det där att gå i uniform och hantera vapen hade inte varit något för honom. Fadern hade slagit honom så mycket under uppväxten att blotta tanken på våld upphört att ha en mening för honom.

– Stina, jag vill aldrig mer göra något ont mot det levande, hade han sagt henne en gång när han varit hemma på permission. Vid skjutövningarna siktar jag inte ens på papptavlan framför mig. Jag avlossar bara skotten rakt ner i jorden framför den. Det är där de hör hemma. Trots de öronbedövande knallarna är varje skott ett bud om tystnad som flyttar in hos människorna. Den där tystnaden vill jag ska ner i underjorden. Den hör inte hemma bland oss levande. Befälet säger att det är slöseri med krut att ge ammunition till mig. Befälet säger att vore jag ett kreatur så hörde jag till dem som skulle nödslaktas och brännas, så värdelös är jag. Men det gör mig inget, Stina. Jag är inte rädd för något längre. Titta på mig. Inget kan röra vid mig längre. Inte far, inte de där andra som finner glädje i att se allt levande plågas, inte...

Han hade tystnat. Senare hade han berättat att han i alla fall hittat en vän på regementet. Det var en pojke från en skärgårdsö som med inkallelsen för första gången i sitt liv kommit till fastlandet. Brodern berättade

75

hur pojken mötte allt med samma häpna nyfikenhet och förvåning.

– Han vet inte heller var han hör hemma, hade brodern sagt som om Kristina då skulle förstå att han med den andre pojken delade något han inte kunde ge ett namn.

Han berättade att de en natt då de lämnats ensamma att vakta ett ammunitionsförråd i Stocksund smitit iväg på bondpermis några timmar och givit sig av in till stan för att se på gatljusen: det glittrande pärlbandet i Karlavägens allé, neonskyltarna vid Stureplan som säkert var ännu vackrare för den som inte kunde läsa, öarna av ljus mellan Kungsträdgårdens träd... Två pojkar i säckiga fältuniformer med sina bössor undangömda i ett dike vid Roslagstull. De hade sagt varandra att det inte gjorde något om de blev avslöjade och bestraffade, de hade ändå vunnit en stund tillsammans när de bara var sig själva.

Men ondskan som hennes bror flydde ifrån hade kanske till sist ändå hunnit ikapp honom, överraskat honom när han minst anat det och som i rent självförsvar hade han vänt den mot sig själv, satt bössmynningen mot bröstkorgen och med en kvist stött mot avtryckaren tills laddningen bränt av, ett bud om tystnad som flyttat in i hjärtats innersta kammare. Det hade kommit ett brev från regementschefen som beklagade händelsen, men vid kistan var det bara familjen som samlats till avsked. Bara familjen och en kortvuxen blond yngling i urblekt permissionsuniform, otröstligt snyftande i bakersta bänkraden, en sörjande pojke som kom efter att akten börjat och gick innan den var slut.

Kristina hade berättat det för Holger när hon stod vid fönstret och några av solens sista strålar för dagen letade sig ner mellan husen ovanför Katarinavägen och tecknade staden och himlen över dem i ett gulrosa skimmer, som var skyn huggen i sandsten. Hon hade bara ett tunt linne över sin smala kropp, de små brösten inte mer än en smekning under tyget, axlarna bara så att Holger kunde räkna fräknarna, det blekgula håret hängande i en upplöst kvast av stjärnfall över ryggen. Hon sköt igen fönstret och kapellet av skrammelmusik som passerade nere på Katarinavägen i en spårvagns gestalt dämpades och drog vidare ner mot Slussplan i upphackade synkoper och rytmiska utfall. Hon vände sig mot honom men ville inte komma tillbaka till sängen, utan satte sig vid fönstret på den ensamma stolen där hans kläder låg slängda.

Det var den andra natten han stannat hos henne. Två kvällar tidigare hade han väntat utanför dansrestaurangen med bilen då hon slutade och kört henne hem. Det var första gången hon satt ensam i en droskas baksäte. Hon hade naturligtvis åkt taxi tidigare, men då alltid med herrar med pengar och förväntningar på att den korta resan bar ett löfte som räckte åtminstone någon timme. Men aldrig ensam. Holger pratade på bakom ratten naturligtvis, men hon lyssnade inte. Hon såg bara ut på nattvandrarna som de passerade, ljusen som här och var stod tända i stenhusens fönster, affärsskyltar, lyktstolpar, enstaka bilar, uppställda dragkärror, här och var en vedtrave mot en husvägg... Ensam, men säker för allt det där ute.

Att Holger fick följa henne upp på rummet berodde på att hon helt enkelt trodde att det skulle vara så. Och så kom hon honom heller inte nära. Han hade hållit sina armar om henne och just känslan av att hur nära han än höll henne intill sig så lät hon honom inte famna allt, den känslan hade bara ökat hans lust till henne. Han låg i hennes smala säng och såg på henne där hon satt hopkrupen på stolen intill fönstret. Han visste inte vad hon väntade sig av honom efter att hon berättat om sin självspillingsbror – ord av tröst, en inkännande kommentar, något slags visdom som förmådde att göra det meningslösa meningsfullt... I stället började han berätta för henne om mannen som hållit honom fånge när han var barn, Sönderhjelm, och som fortfarande hemsökte honom i hans drömmar om natten. Men av hans historia blev inget mer än en anekdot som han med tillkämpad och glädjelös skämtsamhet förde ut i marginalen som en fotnot: inget som behövde begripas för förståelsen av den egentliga berättelsen om hans liv.

Ja, vilken var den egentliga berättelsen om Holger? Försökte han samla sig till att berätta den föll den sönder i hans händer till ett splitter av skämtsamheter och tillfälliga infall. Kristina satt vid fönstret och lyssnade på honom, men han såg på henne att hon bara tappade intresse för vad han berättade ju mer han sökte belysa historien med skämtsamheternas grälla ljussättning.

Till sist var de tysta i rummet och det enda sätt som återstod för dem att komma nära varandra igen var i hudarnas stumma möte, där lusten förde sitt finger till deras läppar och kväste varje annat försök till närhet än det som finns i upptäckten av en annan människas kroppslighet. Hennes andetag var så lätta när hon sedan sov intill honom, han såg hur hennes rygg hävde sig upp och ner, halsens lilla veck intill nyckelbenet, skulderbladets änglavinge som funnit ro intill ryggradens radband.

Kanske var det för att ändå visa in honom i något slags delaktighet i hennes dagliga liv som hon ordnade så att han kunde komma in köksingången till Cecils och från en serveringsgång se den orkester uppträda som för tillfället gästade restaurangen. I annonserna stod negerkapellets namn inom demonstrativa citationstecken, som för att visa att orkestern rymde något oförklarat ingen kunde veta som inte själv varit bland publiken och sett dem. Där Holger stod i en serveringslucka och såg mot scenen trodde han sig genast förstå vad hemligheten med framträdandet var, för något riktigt negerkapell var det inte fråga om.

In på den lilla scenen kom fem gestalter i smokingjackor och med svärtade ansikten, grovt målade läppar och himlande ögon. Medan de sjöng *Everybody's Doin' It* viftade de med vithandskade händer och tog danssteg som vore de en grupp berusade ankor. De möttes av skratt som var lika mycket fyllda av hån som av glädje. Och så stramades plötsligt deras framträdande upp,

dansstegen blev lätta och klackar och tåspetsar smatt-
rade mot scengolvet i allt hetsigare rytm. Till sången
By the Light of the Silvery Moon, som de sjöng i en sär-
eget synkoperad stämfläta, förde de en efter en de vita
handskarna till sina ansikten och gnuggade dem. Fram
bakom svärtan trädde först det bleka ansiktet hos en ar-
tist som hälsade publiken med ett bayerskt *Guten abend*,
och därefter trädde en fräknig yngling fram bakom det
andra svärtade ansiktet, slet kubben från huvudet, blot-
tade ett knallrött hår och hälsade publiken med ett
norsktklingande utrop. Den tredje artistens drag var
mörkt tecknade under det svarta sminket.

– *Buona serra*, ropade han och kastade sig ner bakom
trumsetet på scenen medan de andra två grep efter en
ståbas och en banjo.

De bägge återstående artisterna stod en stund och
såg på varandra, men påbörjade sedan en dans som när-
mast liknade ett långsamt utdraget slagsmål. Med sina
vita handskar träffade de mjukt varandras kinder, haka
och panna så att svärtan kletades av på det vita handsk-
tyget över handflator och knogar. I det ena utdragna
slaget efter det andra torkades svärtan bort, men deras
ansikten förblev svarta också när de stod där leende och
tog emot publikens applåder.

Fooled ya', didn't I.
Thought you knew it all.
Tricked ya', didn't I.
Now you're feeling kinda small...

sjöng de, medan den ene av dem satte sig vid scenens piano och den andre lyfte en fiol ur ett fodral. Holger hade stått under hela demaskeringen med häpet öppen mun och sett de bägge artisterna med bedrägeriets hjälp visa att just deras förklädnader var det de var – två svarta artister inför en förvånat lättlurad publik. Han stod och såg på dem med leende koncentration utan att ge Kristina en blick medan violinisten skruvade taglets ena fäste av stråken och lät fiolens alla strängar ljuda i glidande ackord. Från pianot slet tonerna varandra i håret, det ena ackordet satte krokben för det andra och tangenternas små rutor lades ut i ett mosaikmönster som i lokalen förvandlades till en malström driven av den pulserande rytmen från banjon, basen och trummorna. Efter några nummer lade den ene svarta musikern ifrån sig violinen och tog fram en kornett ur vilken kom toner som tycktes slita upp sprickor i det dekorerade takets rappning och flagor släppte ur väggarnas målningar till ett yrväder av färg. Holger stod utmattad kvar intill serveringsluckan då musikerna gick genom köket till den trånga logen vid varuintaget. De skrek upprört till varandra.

– What you mean, there's none left?

– We had coke for a month…

– You sold it, I bet you sold it…

Den rödhårige basisten tog ett steg mot kocken.

– Vet du hvordan vi kan få tak i litt kokain her i byen? sade han, men kocken skakade bara på huvudet med kockmössan slokande som en misslyckad sufflé över huvudskulten.

– Damn! skrek violinisten till. Damn, I need some coke...

Holger tog ett steg fram mot dem.

– I..., började han och pekade mot sitt bröst. I... Jag har koks.

De stirrade på honom.

– Koks, sade han.

Den rådhårige gick fram till honom.

– Det er ikke brensel til kaminen på hotellvaerelset vi er ute etter, sade han.

– Nej, koks, sade Holger allvarligt. Kokain. Visst kan jag ordna det.

Norrmannen blev stående med blicken hängande vid Holger, som fattade han inte vad han just hört. Så vände han sig till de andra och nickade, sade något och genast blev de alla lättade. Pianisten började skratta. Det var ett ljust, glittrande skratt som drog med sig de andras.

– So you're the man, sade kornettisten och sträckte fram handen mot honom. I'm Kid.

De hälsade var och en på honom och presenterade sig: Rainer, Silvio, Jesse och Oddvar. Till sist blev det bestämt att Holger skulle hämta varorna och sedan komma med dem till hotellet på Klara Norra Kyrkogata där de bodde. Holger berättade för Kristina att de skulle träffa orkestern på kvällen och att han skulle hämta henne senare.

När han kom till lägenheten på Bondegatan var luften stilla och instängd. Linet hade inte varit där på flera dagar och i köket låg en halv torkad limpa i brödlådan och smöret i krukan i skafferiet hade fått en mörkare gul hinna. Holger tänkte att hon ännu en gång flyttat hem till modern på Fleminggatan. Han blev sittande en stund på sängkanten och strök med handen över överkastet de köpt i en bod på Östgötagatan, kände kuddarna under det och filten som låg spänd över sängen. När han lyfte en flik av överkastet tyckte han att han kände en doft av henne, men sådant är väl bara föreställning och sken, som allt annat, minnets små spratt i mörkret. Han gick över till garderoben och föll på knä inne i den. Ur den lilla kartongen tog han två små flaskor med vitt pulver och sex sju kuvert. Innan han stängde lägenhetsdörren efter sig stod han en stund och såg in i de två trånga rummen. Sängen och kommoden vid garderobsdörren, det lilla köksbordet som knappt ens gav plats för fler än fyra sittande, bonaden som Linets mor broderat åt dem till julen, skrivmaskinen han köpt i en butik vid Vasagatan och sagt till Linet att han fått av sin mor, radiomottagaren med sitt hörlurspar på byrån vid fönstret, de bägge krukorna med sankt paulier i fönstret mot gatan... Växterna måste vara helt uttorkade, tänkte han, någon borde vattna dem. Men han stängde bara tyst dörren till lägenheten, låste efter sig och gick ner genom trapphusets skuggfyllda dunkel.

När Holger och Kristina kom in i hotellrummet var luften så fylld av cigarrettrök att det knappt gick att se vilka som fanns där – uppkrupna i sängen, hängande mot en dörrpost, nersjunkna på golvet längs med väggen... Banjospelaren hade bytt ut sitt instrument mot en gitarr och satt på sängkanten jämte den ene svarte musikern som lät stråken flyga över fiolens strängar som vilt flyende fågelsträck. När han fick syn på Holger lade han omedelbart ifrån sig instrumentet och kastade sig upp från sängen. Samtalen tystnade runt dem. Utan att säga något räckte Holger över den ena av flaskorna med vitt pulver till mannen. Norrmannen steg fram till Holger och lade en hand på hans axel.

– Du forstår at jeg må pröve stoffet før du kan få betalt, ikke sant? sade han.

Holger nickade och ryckte på axlarna som för att säga att honom kvittade det vilket. De knackade ut lite pulver ur glasflaskan på gitarrens botten och så drog kornettisten i sig en nypa genom en hoprullad bibelsida.

– The voice of God, sade han när effekten av kokainet nått honom. Speakin' loud and clear.

De andra skrattade. Norrmannen stack handen innanför kavajen och drog fram sin plånbok.

– Tjugo gram, sade Holger. Två hundra kronor.

– Har du ikke mer? frågade basisten.

Holger tog den andra flaskan ur kavajfickan och räckte över den. Norrmannen skrattade till och sade till de andra musikerna att plocka fram mer pengar. De blev alla stående, stirrande på varandra. Kristina drog Holger försiktigt i armen, som för att få honom att följa med henne därifrån. Men Holger dröjde kvar och till sist kom pianisten fram till honom. Det ena av ögonen i det mörka ansiktet var blekt och grumligt. Det gjorde Holger osäker om till vem pianisten egentligen vände sig, till honom eller Kristina. Handen som grep hans arm och drog honom med sig fram till rummets enda stol var smal med långa fingrar. Holger lät Kristina sätta sig på stolen och lutade sig själv mot fönstersmygen intill henne. Gitarristen började åter spela och kornettisten sträckte fram den lilla medicinflaskan mot Kristina och Holger. Holger skakade på huvudet när Kristina tog flaskan i handen.

– Nej, sade han bara. Låt bli det.

Men hur det var så fick både Kristina och Holger i sig lite av det vita pulvret senare på natten. Pianisten tog en knivsudd på sin långfingerspets och förde den till Kristinas näsppets. Allt hon behövde göra var att andas för att få drogen i sig, ett andetag som slog rädslan ur bröstet på henne. Hon vacklade till av den milda svedan när pulvret drogs ner i näsgången och så sjönk hon fram över pianisten som försiktigt förde sitt finger till hennes läppar, förde in det mellan dem och lät fingerspetsen röra sig fram och tillbaka i hennes mun, över gommens valv, tandköttets ornamentik, tändernas radband, tungans bädd... När Holger hörde att den de kallade The Kid kom från New York försökte han få norrmannen att fråga ut honom om han hört talas om Margit eller Hanna. Men de bara skrattade åt honom och började berätta om hur staden var en labyrint av livsvägar som slumpmässigt möttes där man minst anade det.

Till sist blev norrmannen avbruten av att någon ropade till pianisten.

– Take us to the planet, Jesse! skrek man. Take us to the planet.

– With no piano? undrade pianisten.

– You can do it! You can do it!

Ett leende, en blinkning mot Kristina med det enda seende ögat, de smala händerna genom slingorna av cigarrettrök och fingrarna tomt löpande i luften som benen på en skalbagge som hamnat på rygg.

– This is my instrument, sade Jesse, drog Kristina intill sig och lät sina händer vandra över hennes rygg som vore den just det, ett musikinstrument.

Jesse sjöng med ljus röst medan andetagen synkoperade fraserna: *Don't Forget To Mess Around, Skid-Dat-De-Dat, Big Butter and Egg Man from the West*... Samtidigt spelade händerna över Kristinas kropp, lockade ett generat skratt ur henne då en snabb löpning for över hennes ryggrad, ett skrik då tummarna skänklade henne i midjan, en suck när fingerspetsarna plötsligt slutade att massera hennes nacke – *I'm Gonna Gitcha, Come Back, Sweet Papa*... En tunn sträng vitt pulver fanns plötsligt på Holgers pekfinger och han drog in det i näsborrarna utan en tanke, bara som för att bli av med det så att han kunde fortsätta att se hur Jesse spelade Kristina: ett smalt knä i de svarta byxorna med blanka, svarta revärer som sökte sig in mellan hennes knän och rörde hennes kropp fram och tillbaka i en glidande, dansande rörelse, det svarta håret som insmort i vax låg slickat över hjässan mot Kristinas blekvita lugg, de tunna axlarna under smokingjackan som rörde sig rytmiskt intill Kristinas under hennes tunna blus, medan Jesse hela tiden lät fraser ur sång efter sång vävas samman till en hel encyklopedi av musik: *My Heart*, *You Made Me Love You*, *Comet Chop Suey...* Planeten. De svarta tangenternas planet.

När de kom tillbaka till Kristinas vindskupa på småtimmarna gick hon genast till sängs utan att säga något. Holger låg vid hennes sida och försökte komma nära henne. Och visst delade de ett famntag en stund senare, men hon vände bort blicken och såg på väggens slitna tapet – det urblekta mönstret, reporna i pappen, de grå stänken smuts – som väntade hon bara på att få vända honom ryggen och sova. Morgonen därpå sov hon fortfarande när han lämnade henne och på kvällen när han kom för att hämta henne vid Cecils garderob sade hon att hon ville vara ensam den natten. I lägenheten på Bondegatan stod den surnade mjölken kvar i tillbringaren i skafferiet och sankt paulierna slokade i sina krukor på fönsterbrädan. Han satt en stund med hörlurarna på sig och försökte leta upp en station på radion. Men allt som hördes var rymdens klanglösa brus och till sist somnade han på sängen med kläderna på.

Kvällen därpå tog han med sig de sista flaskorna med vitt pulver han hade kvar i pappkartongen i garderoben till Cecil. Men negerkapellets engagemang var avslutat och de hade rest vidare med tåget redan samma morgon till Köpenhamn för andra åtaganden. I fönstret

utanför stod en handskriven skylt om att en garderobs-
flicka omgående kunde få anställning. Kristina hade
följt med orkestern och hennes rum på Södermannaga-
tan var lika ödsligt övergivet som Holgers på Bonde-
gatan. Hon verkade bara snabbt ha packat några väskor
och sedan rusat sin väg, utan ett tecken, utan en rad till
avsked.

En vecka senare stod Holger och väntade på Linet
utanför huset på Fleminggatan. I handen hade han en
blombukett och hans skjorta var nystruken under den
knäppta kostymjackan. Han stod intill husväggen i skydd
för det lätta duggregn som föll, men när han såg henne
komma klev han fram mitt på trottoaren och sträckte
på sig som en beväring för att ta emot henne. Men hon
gick bara förbi honom mot portvalvet utan att bevär-
diga honom en blick. Ju fler steg hon gick från honom
desto större blev tystnaden mellan dem, men Holger
bröt den med att sjunga melodin som Carl Edvard just
gjort populär i nyårsrevyn på Folkets Hus:

Bor du hemma hos din mamma
eller följer du med mig?
Om det regnar gör det samma
alltid finns det plats hos mig
Du gör mig ledsen,
minns du adressen
som är till för oss två?
Om du inte bor hos mamma
kan vi lika gärna hemåt gå

Och i skrattet finns heller ingen plats för vreden. Trots att hennes mor för första gången varnat henne för Holger och sagt att hon skulle tänka på livet som något att vårda och inte förslösa det på missriktad hoppfullhet, så var hon redan kvällen därpå tillbaka hos Holger på Bondegatan. Hon plockade de torkade blombladen av sankt paulierna i fönsterkarmen och gav krukorna vatten, diskade den surnade mjölken ur tillbringaren i skafferiet och lade de torra brödbitarna i en påse för Holger att ta med till Sara på Långbro att mata fåglarna med. På byrån låg hörlurarna med rymdernas brus susande i sig som ett par väsande reptiler. När de kom varandra nära den kvällen var de bägge som ömhetstörstande barn med omättligt behov av tröst. Han var tillbaka hos henne och kanske tänkte också han lättat att hon var tillbaka hos honom. Två klanger som tillsammans tonade i ett gyllene ackord. Men hon kunde se på honom att han sörjde något som gått förlorat för honom och hon visste att hur nära de än kom varandra så skulle hon när som helst kunna förlora honom igen. Hon hade ännu inte berättat för honom att hon hörde till svängstolsfolket nu – hon hade lämnat anställningen hos sömmerskan och tagit tjänst som skrivbiträde på en frikyrkas församlingskontor. Hon tänkte berätta det för honom först när hon kunde se att ledan inför det vardagligt vanliga åter grep honom och rastlösheten drev honom att söka överraskning och osäkerhet. Då skulle hon berätta för honom att också hon kunde byta roll och förvandlas. Men inte ännu, inte nu när de fortfarande låg

89

nära varandra, svettiga efter att ha varit varandra så nära som två människor kan komma. Inte just nu när frågor om gårdag och morgondag ännu inte har någon betydelse.

V

HONANS LÄTE ÄR ett vitt ljudande *kvak* och hanens ett dovare *kväk*. Underhållningslätet är *väck väck*, lockropet *vack vack*, lätet som uttrycker fruktan *rätsch* eller *räb räb*. Sinnena äro skarpa och själsförmögenheterna väl utvecklade. Fågeln bedömer riktigt förhållandena och uppför sig efter dem, men den visar sig ständigt försiktig och slug och mycket skygg, där den utsättes för förföljelser. Högst sällskaplig och i allmänhet fördragsam, blandar den sig gärna med sina släktingar och lever gärna i sällskap med andra fåglar. Människans närhet undviker den aldrig och ofta slår den sig ner på dammar, som står under människans skydd, till exempel i parker eller större trädgårdar. Den visar sig högst tillitsfull, finner sig i att bliva matad, häckar och uppfostrar sina ungar och uppför sig nästan som en tamfågel. Likväl bevarar den en viss självständighet och blir inte någon tam anka utan lämnar i arv åt sina ungar kärleken till frihet och obundenhet.

Holger lade ner boken i sitt knä och såg ut över dammen. De satt vid strandkanten intill växthusen mitt i sjukhusparken. Sara hade hjälpt trädgårdsmästaren att bära krukor från Stora Kvinns strax intill när Holger kom för att besöka henne. Han hade haft en körning till Vinterviken och tagit omvägen över Långbro på återresan. Under armen hade han ett nyutkommet band av den reviderade utgåvan av Brehms *Djurens liv*. Nu satt hon tyst och lyssnade till honom när han läste för henne. I dammen sam gräsänderna och några svanar runt och dök efter skott och smådjur i dyn på dess botten.

– Verkligt tam blir den endast, om man alltifrån ungdomen låter den vistas tillsammans med ankor och behandlar den som dessa, fortsatte han att läsa för henne. Den parar sig lätt med dem, och ungarna i sådana äktenskap bliva lika tama som de egentliga ankorna.

Hon strök honom över kinden. Hennes fingrar var fuktiga och smutsade av jord efter att ha påtat i krukorna vid växthuset och rotat i strandkanten efter något att mata änder med. Hon såg på honom, lite skyggt och dröjande. Hon var väl inte äldre än fyrtiofem år nu, Holger visste inte med säkerhet, men hon hade sedan länge blivit en gumma. Efter den våldsamma händelse som gjorde att hon fick lämna Konradsberg haltade hon fortfarande lite efter sin skada. I ena sidan av övergommen fattades alla tänderna efter en svår infektion som även tillfälligt gjort att hon förlorat hörseln på ena örat. Tandlösheten gav hennes ansikte en egendomligt sned förrycketthet, som hade ett halvt gapskratt tagit fäs-

94

te i hennes ansikte, stelnat och blivit kvar där i en för-
vriden grimas.

– Det var redan för sent, sade hon och saliven väste
till mellan orden där tänderna saknades. Det hade re-
dan varit för sent att lämna dig till ankorna.

Han hade vant sig vid att inget annat veta än att hon
inte var hans mor och att allt hon kunde berätta för ho-
nom om hans upphov blev till gåtor och förklädda bil-
der. Hans förflutna blev ett pussel med bitar från en
mängd olika motiv som han fick försöka föra samman
helt utifrån bitarnas abstrakta form. Den samlade bild
som då uppstod blev en förvriden verklighets, där for-
mer fogades samman till omöjliga objekt, skvadrar och
fantasigestalter. Och ständigt kunde han finna nya möj-
liga platser för bitarna i pusslet, hela tiden gav det för-
flutna upphov till än mer förvridna bilder.

– Honan ruvar troget, övertäcker alltid försiktigt äg-
gen med dun, då hon lämnar boet, smyger sig så tyst
som möjligt från det och närmar sig, då hon återvänder,
först efter att ha övertygat sig om att ingen fara hotar.

Sara skrattade till då hon stack handen i fickan till sin
sjukhusrock och hittade några torra brödkanter. Själv
var hon tunn som en avlövad buske. Håret hängde i
stripor fram under hucklet hon bar om huvudet och
hennes fingrar saxade snabbt som spindelben då hon
bröt sönder det torra brödet till små smulor. Änderna
kom vaggande upp ur dammen mot dem för att äta ut
hennes händer.

– Ungarna värmas i boet en dag efter kläckningen

och föras sedan ner till vattnet, läste Holger för henne och såg hur fåglarna dröjde intill henne utan att skrämmas av deras närhet.

– ...ner till vattnet, hörde han Sara upprepa vid sin sida.

– Sin första ungdomstid framleva de i skymundan mellan tätt växande vass, säv och andra vattenväxter, och först när de börjar pröva sina flygorgan, visa de sig då och då på öppnare vatten, fortsatte han. Modern nedlägger stor omsorg på att skydda dem för människors eller andra fienders blickar, försöker i nödfall draga faran på sig eller träder dem modigt till mötes...

– ...modigt till mötes, upprepade hon och släppte de sista brödsmulorna på marken framför sig.

– Ja, sade Holger, ... modigt till mötes och slår ofta fienden på flykten.

Sara skrattade till.

– Ungarna älska henne mycket, fortsatte han läsa ur boken, lyda varje varning och varje lockton, gömma sig, då modern befaller det, och stanna kvar i sitt gömställe, tills hon återvänder till dem.

Den tidiga höstdagen började skymma. Det blev lite kyligt när solen hängde som ett sakta falnande glödklot långt bortom Lovön. Ett par sköterskor gick småpratande med varandra över bron med falluckan. Dit hade patienter tidigare lurats att gå för att plötsligt störta ner i dammens kalla vatten i en chockterapi som förväntades läka deras upprörda sinnen. En bil med ambulansskyltning kom uppkörande på grusplanen framför Stora Manns höga fasad. Ett par vårdare hjälpte en fetlagd man i tvångströja ur baksätet. Holger kunde höra hur han skrek något åt dem. När de förde honom mot porten till byggnaden slet han sig plötsligt fri och rusade iväg över grusplanen. Men han sprang tungt och klumpigt vaggande på grund av en hälta på ena benet. Den fick honom att likna en av änderna vid dammen.

När vårdarna hann ikapp honom föll han handlöst framstupa i gruset, vilt skrikande. De drog honom på benen och släpade honom mellan sig mot portarna till Stora Manns intag. Holger skulle några dagar senare höra vaktmästaren i grindstugan nämna patienten vid namn och prata om honom med lika stor hånfullhet som beundran i rösten. Och när Holger berättade för Sylle om mannen som under skrik, förbannelser och hot om självmord släpades in mot sjukhusets stormavdelning så möttes han av samma hänförda reaktion.

– Kapten Göring, sade Sylle med drömmande beundran i rösten. Vi såg honom flyga över Ladugårdsgärde för fem sex år sedan. Minns du inte? Jag hade varit på Lufttrafikaktiebolaget och pratat med honom om mina möjligheter att bli pilot. Minns du att jag berättade att han sade att luftfarten behövde alla krafter den kunde få? Men det blev ju inget av det, naturligtvis... Vi såg honom flyga samma Fokker som han använt under kriget över Gärdet – störtdök rakt ner mot folkhavet och försvann sedan i en rak stigning upp bland molnen... Minns du inte hur det tycktes som om planet hängde helt stilla med nosen i vädret där uppe och så slog maskinen runt i en loop och kom störtande ner mot marken igen. Jag har hört att fanskapet gått och lierat sig med Mussoliniimitatörerna nere i Tyskland, men det blir det väl slut på om han hamnat i ensam svit på Långbro. Satan till flygare var han i alla fall...

De satt tysta vid stranden till dammen, Holger och Sara, och såg hur vårdarna släpade mannen mellan sig in genom porten till Stora Manns och hur dörrarna slöt sig bakom dem, som sömnen sluter sig om drömmarna och bara lämnar ekot av deras rop kvar åt oss att tolka. Det fanns inte längre någon värme i luften nu när solen nästan var helt försvunnen under horisonten. Och ändå förblev de sittande. Holger lyfte åter boken ur knäet och fortsatte att läsa.

– Hanen bekymrar sig inte alls om honans omsorger och ängslan, läste han och Sara nickade bekräftande vid hans sida. Så snart hon börjar ruva, lämnar han henne, söker ibland knyta en ny kärleksförbindelse med en annan andhona och förenar sig, om detta inte går, med andra av sina likar. Dessa skaror stryka nu otvunget omkring över vattnen.

Som hade de hört beskrivningen kom en flock änder sättande mellan trädtopparna och sökte sig ner mot dammens mörka vatten för natten.

– Mången gammal gräsand faller offer för räven och uttern, och mången unge blir byte för hermelinen, illern och flodillern, fortsatte Holger att läsa. Seyffertitz fick en gång på några timmar se ändernas olika sätt att försvara sig mot rovfåglar. När de blevo varse en havsörn, som långsamt kom flygande, stego de upp i luften och ströko fram och tillbaka över vattnet, emedan de väl visste, att den inte är i stånd att fånga dem i flykten. Sedan den avstått från jakten, flögo de åter ner till vattenytan och sökte föda här som förut. Då visade sig en pilgrimsfalk, men nu flögo de inte upp utan döko oavlåtligt, tills också denna fiende insett gagnlösheten i sina ansträngningar. Senare kom också en hök, som förstår att fånga lika skickligt, då den flyger, som då den sitter. Änderna samlades nu, kastade ständigt upp vatten med vingarna och bildade så ett ogenomskinligt skum-regn. Höken flög igenom detta regn men blev så förvir-rad, att också den måste avstå från sin jakt.

Till sist blev ljuset för skumt för att läsa, till sist hade man begripit att Sara var försvunnen från avdelningen, till sist blev kvällen för kall. Huttrande följde Holger henne in genom portarna till Stora Kvinns och lämna-de henne vid avdelningen. De såg på honom som vore han en obegriplighet, denne unge man i chaufförsjacka som besökte en harmlös, men fullständigt förvirrad kvinna som både människorna och historien borde glöm-ma och lämna att försvinna in bland sjukhussalarnas skuggor. Men han kom till henne, ibland så ofta som varje vecka, år efter år, och satt och lyssnade på hennes obegripligheter och osammanhängande mummel. Det där inåtvända småpratet som kunde fortsätta långt in på småtimmarna, när hon redan famnats av sömnen och de drömmar som ville ägna henne sin uppmärksamhet. Där inne i sitt eget mörker kom bilden hela tiden för henne av gräsanden som då den angripes av en av de större falkarna söker rädda sig genom att dyka. Allt djupare dyker hon också sedan rovfågelns klor fått fäste i hennes bål, ner mot mörkret och kölden på dammens botten, allt djupare, allt djupare... Hon drar rovfågeln med sig ner under ytan och i tystnaden där nere pågår deras kamp i mörkret, ner under ytan, ner mot slammet, allt djupare, allt djupare... Till sist släpper rovfågeln greppet, klornas krökta sylar dras ur musklerna, blod färgar vattnet, tystnaden spränger i öronen, varje rörelse så tung som vore den gjuten i bly, men där nere, allt djupare, allt djupare, är till sist ändå anden fri...

Den tyske flygvapenkaptenen som förts till Stora Manns tidigare på kvällen hade placerats i en enkel cell med golvfast bädd. I Lilla Mannsavdelningen, den del av sjukhuset som de också kallade Oron, höll de kvar honom i några dagar. Hela tiden kom misstankarna till honom att läkaren som mot hans vilja remitterat honom från Katarina sjukhus till Långbro, Hjalmar Eneström, var mutad av en omfattande judisk konspiration i ett försök att oskadliggöra honom. För att bedra sina fiender på deras byte hade han försökt strypa sig med en lakansflik runt dörrhandtaget, men blivit upptäckt och lagd i spännbälte. På natten hade två gestalter i kaftaner vandrat genom sjukhusavdelningens väggar och kommit fram till hans brits. Den ene var Abraham som i sin ena hand bar en stav som han gång på gång slog i golvet för att tysta nattens alla fåglar och den andre var Paulus, den farligaste jude som existerat. Abraham hade visat honom en revers och lovat honom tre kameler om han gav upp sin strid mot judarna. Men han hade kastat sig fram och tillbaka i sängen, försökt fäkta med sina fjättrade armar och vägrat att underkasta sig dem. Han hade skrikit åt de närgångna gestalterna som lutade sig över honom i sängen att han dödat fyrtiofem människor och att det inte fanns något levande som han fruktade. Då hade Abraham stuckit en glödande spik i hans rygg och vridit om. Senare hade en judisk läkare smugit sig in till honom och försökt skära ut hans hjärta och intill honom hade en kvinna i sköterskedräkt väntat i skuggorna. Det var hans förra vårdarinna och han visste att hon skulle föra vidare informationen till Tyskland om att han blivit internerad bland degenererade element ur samhällets lumpkammare. Hela tiden gick skuggestalter ut och in genom väggarna i hans lilla cell och han skrek åt vem som än kom in i rummet att om uppgifter om hans belägenhet kom till allmän kännedom så var han i sitt hemland en politiskt död man. Han hade i alla fall undkommit att, som en straffånge, bli fotograferad för journalen. Han skulle hellre ta sitt liv än att lämna bildbevis om sitt tillstånd efter sig. Då han några dagar efter intagningen flyttades till avdelning 7 hade han lyckats gömma undan en järnvikt som han tänkte använda som vapen om hoten mot honom förvärrades. Och nu hörde han de släpande stegen i korridoren från judeläkaren som bara väntade på att sömnen skulle gripa honom och lämna fältet fritt att skära hjärtat ur hans kropp…

När man på församlingskontoret frågat Linet om hen-

nes familj och om var hon bodde så hade hon svarat und-
vikande, uppgett moderns adress på Fleminggatan och
för en arbetskamrat presenterat Holger som sin bror när
han väntade på henne med bilen nere på gatan. Att hon
rest ut till Filmstaden i Råsunda och fått några statist-
uppgifter hade hon inte heller berättat, inte på församlings-
lingskontoret och till en början inte heller för Holger.
Hon ville överraska honom, men när de var och såg *Polis
Paulus' påskasmäll* på Olympia så upptäckte han henne
inte i aftonklänningen bland de dansande paren i balsce-
nen och då kunde hon inte hålla sig från att resa sig upp
i bänkraden och peka ut sig själv bland de agerande på
den vita duken. I *Till Österland* hade hon stått bland sta-
tisterna i folkmassan och sett på när Lars Hansson bar
Mona Mårtenson nerför den orientaliska bygatan. Vid
repetitionen hade den kvinnliga stjärnan inte varit på
plats och då hade Lars Hansson tagit Linet i sina armar
för att pröva det mest avspända sättet att lyfta en ung
kvinna.

– Fröken väger lättare än Mona, hade han sagt och
vänt sina tuschade ögon mot henne. Jag hade hellre
haft fröken som motspelare i den här scenen.

Hans andedräkt hade på en gång luktat sur som sill-
spad och milt söt som vaniljmjölk. När Linet berättat
det för Holger hade hon rodnat, som hade hon bekänt
något skamligt. Att de på församlingskontoret skulle se
hennes extraarbete som syndfullt var hon säker på, men
åtminstone vad gällde pastor Hammarståhl så visade
det sig att hon lurade sig själv. Hur han hade fått höra

om hennes små roller visste hon inte, men när han förde dem på tal var det bara med nyfikenhet över huruvida hon mött några kända skådespelare och hur filmarbetet egentligen gick till. Fördömelsen hon varit säker på skulle drabba henne kom aldrig, tvärt om sade den åldrade pastorn gång på gång hur mycket han uppskattade hennes ordningssinne och arbetsamhet. Hon fick intrycket av att han såg på henne som han betraktade de församlingsbor han hade varit herde för på missionsstationen vid den afrikanska urskogens utkant: som ett barn vars lekar aldrig kunde leda till annat än oskuldsfullhet. Ett par gånger hade han till och med bett henne att arbeta över och framåt kvällen hade hon delat ett par smörgåsar med honom. Hans hustru hade dött där nere, berättade han en kväll. Han hade begravt henne i en dunge brödträd där hon hade tyckt om att sitta. Hon hade varit sjuklig redan när de reste ut dit, sade han, och värmen hade blivit för mycket för henne.

– Så blev livet, sade han. Man fogar sig i vad Herren ger och tar.

Då hade hans yngre kollega, pastor Matter, svårare att överse med livets nyckfullhet. Han kunde visserligen engagerat ge sig i kast med att berätta små historier om sådant han varit med om och som han väl hoppades skulle ge uttryck för djup och vittfamnande erfarenhet. Men Linet uppfattade dem snarare som bevis för motsatsen: en brist på insikt i hur livet egentligen gestaltar sig som Linet kunde se som både rörande oskuldsfull och hotfullt skrämmande.

Den där saknaden som Linet sett hos Holger dröjde fortfarande kvar hos honom, men hon kunde inte låta bli att tycka om den. Han gjorde inte så mycket mer än att köra taxibilen om dagarna, utförde små tjänster åt doktorn på Rådmansgatan och besökte Sara på Långbro. I övrigt var livet samlat kring dem bägge igen, Linet och Holger, i vad som föreföll som en allt mer trygg förening. Det hände till och med att de nämnde möjligheten att de två skulle kunna förenas i ytterligare en – ett barn. Men det blev aldrig mer än ord av det. Ibland kunde hon tänka att barnet hon längtade efter inte tycktes få fäste i henne. Någon månad blödde hon mer än andra och då tänkte hon att ett liv gått förbi och rört vid henne.

Ibland tryckte Holger sig intill henne om nätterna just som ett barn som inte kan få nog av närhet och gemenskap. Det var ett behov som blev ännu större när han varit ute hos Sara – numer kom han därifrån med en uppgiven sorgsenhet som var varje dag en förlust som drogs från hans liv. Kanske var det en leda inför galenskapen, en trötthet över att aldrig få vila i det verkliga, en uppgivenhet inför att ingenting någonsin skulle kunna bli annorlunda. De där små gatuföreställningarna som Holger hade satt upp tillsammans med Morgenstern hade räddat honom ur ledan och hållit honom kvar i illusionen om förvandlingarnas möjlighet, men det var nu ett par år sedan dansken återvänt hem. En gång när Linet följt med Holger till Sara och de suttit intill dammen vid växthusen och försökt tala med henne kunde hon se hur han helt gav upp. Allt Sara kunde säga var något om fåglarna i dammen och Holger uthärdade inte längre att vara utestängd. Tårarna bröt fram i hans ögon och Linet fick hålla honom intill sig tills de sinade. Sara bekom de inte, hon bara såg på honom, närmast road av hans förtvivlan.

Den uppgivenheten återkom allt oftare till honom då han besökte henne. Sara hade helt gått upp i galleriet av kantigt tillklippta silhuettgestalter mot sjukhuskorridorens vita väggar. Hon hörde till alla dem som aldrig skulle ta plats i verkligheten, utan fortsätta sina liv som karikatyrer av kejsare och stenar, väktare över enstaka hemlighetsfulla ord som på uppdrag av en utomjordisk makt, mänskliga gestalter reducerade till ett läte eller en rörelse, ting mer än människa, tonlös sång mer än ord... Han skulle förbli sittande i parken hos henne, läsande ur en ornitologisk skildring av änders liv, och det var allt som återstod av deras gemensamma liv. Till sist, en eftermiddag i oktober då han följt henne tillbaka in på avdelningen, kändes det som om han helt givit upp tron på att något någonsin skulle bli annorlunda. Han bara lämnade henne, med fågelboken under armen, och han hade inte ens något behov av ett avsked. Han vill ta henne därifrån, kasta in henne i verkligheten och se vad den gjorde med henne. Han ville inte längre stanna hos henne och vänta på att hon drog honom med sig ner under ytan...

Holger hade blivit sittande en lång stund bakom ratten på bilen. Han stirrade på instrumentbrädans glesa samling visare och reglage. De hörde till det tryggas och överskådligas värld, där saker och ting var vad de utgav sig för att vara. I galenskapen är inget vad det förefaller att vara och därför tillåter inte heller galenskapen någon förställning. Bedrägeriet, även självbedrägeriet, bygger på den på många sätt helt riktiga föreställningen att det finns en ordning hos världen som är absolut och oförstörbar vad som än drabbar oss. Det är en ordning som gäller oss alla och det är när vi utför våra förvandlingsnummer mot dess fond som världen får djup och mening. Men galenskapen accepterar inte den ordningen, galenskapen snor kring den så att allt förvänds i yrsel och förvirring, galenskapen drar bottenpluggen ur förståndet och lämnar oss tömda och kalla. Han orkade inte längre se Sara där inne nu. Till vilket pris som helst ville han få ut henne från livet med spännbälten som tvingade henne kvar i marrittens våld, med långbad som sakta löste upp hennes kropp till en sammanhangslös sörja och med gallerförsedda fönster som för henne sökte stycka himlens jagande moln i jämnstora stycken.

Medan upprördheten sakta falnade och något som kunde likna lugn åter sakta omslöt honom såg han en mansgestalt komma ut från Stora Manns och med en kappsäck i handen oroligt gå fram och tillbaka. En människa betraktad på avstånd kan framstå som bärare av en ändlös mängd möjligheter. En människa betraktad på avstånd blir en ikon, en berättelse utan historia, en skottavla eller en vägskylt, ett hinder eller en möjlighet... Och så när vi kommer henne närmare faller allt detta av henne och kvar står hon ensam. Mannen där borta på andra sidan dammen lämnade kappsäcken efter sig och återvände in i sjukhusbyggnaden bara för att komma tillbaka ut en kort stund senare. Han sprang fram till sin väska och lyfte den från marken, men blev förvirrat stående.

Holger steg ur bilen med vevaxeln i handen, stack in den under kylaren på bilen och drog med några snabba tag igång motorn. En kort knall small till innan motorn spann jämnt. Han kastade en blick över dammen mot mannen som börjat gå med väskan i handen bort mot grindstugan i andra änden av sjukhusparken. Holger satte sig bakom ratten, lade i en växel och började långsamt köra runt dammen bort mot mannen som under påtagligt besvär släpade väskan med sig mot grindarna. Först när Holger rundat dammen och nästan var ikapp kände han igen honom. Han körde upp intill mannen som ansträngt flåsande vände sig om och stirrade på honom med förvånad min.

– Ursäkta min påflugenhet, sade Holger. Men jag undrar om kapten von Göring behöver skjuts in till stan?

Mannen stirrade på honom.

– Hur vet ni vem jag är? frågade han.

– Det vet alla, svarade Holger.

– Vilka? frågade Göring och såg sig om som om någon bevakade dem. Vilka?

– Det vet hela Stockholm, sade Holger. Om kapten von Göring vill resa in till stan så är det bäst att kapten stiger in i bilen. Jag kan inte vänta här längre, grindarna stängs snart för kvällen.

Utan att tveka steg Göring in i bilen.

– Jag trodde att min familj mig skulle möta, sade han med en grov tysk brytning. Min hustru, fru Göring, friherrinnan... Man har sagt mig... att man meddelat dem att jag skrivades ut i dag...

Han tystnade.

– Skrevs, sade han dovt till sist. Det heter skrevs... Jag vet det. Skrevs... Jag vet det.

Holger körde sakta bort mot grindarna. Vaktmästaren lutade sig ut genom grindstugans lucka och tittade i bilens baksäte när de hejdats vid bommen.

– Jag har med mig kapten von Göring som skrivs ut i dag, sade Holger.

– Ja, skrek Göring till vaktmästaren med en spänd hög stämma. Jag skrivs ut i dag. Jag är skriven ut.

De vinkades genom grinden och den tyske flygaren kastade ständiga blickar genom bakrutan så länge sjukhuset var synligt.

– Det är inte som galen jag varit intagen, sade han när de kommit upp på Södertäljevägen. Inte som galen. Skadad svårt blev jag i München och tvungen att göra mig beroende av morfin... Der Schmerz... Förstår chauffören vad smärta är...

– Morfin, sade Holger försiktigt. Ja, jag vet en del om morfin... Det har hänt att jag hjälpt en läkare som...

Passageraren lutade sig fram i baksätet.

– En läkare som skriver ut morfin? sade han.

– För den som behöver det, sade Holger.

– Det är inte som galen jag lagt in mig, sade Göring, plötsligt lugnare och mer tillitsfull. Min familj – var mans egentliga hemland, inte sant… För min familjs skull, för min hustrus och hennes sons, har jag varit tvungen att underkasta mig detta… För min familj… Förstår ni? Familjen…

Holger nickade. Den tyske kaptenen sjönk tillbaka i baksätet och satt dovt mumlande för sig själv, oroligt vaggande med huvudet. Han vände sig inte till Holger förrän de var tvungna att stanna bilen för att invänta att en spårvagn körde över Liljeholmsbrons redan mer än tio år gamla träprovisorium.

– Kan han mig köra till den här läkaren? frågade Hermann Göring.

– Nu genast? frågade Holger.

– Ja, nu, sade passageraren. Smärtan är outhärdlig… Var finns han? Jag vill vi åker dit nu genast innan vi far till mitt hem på Odengatan.

Holger nickade bara. Doktor Holmström på Rådmansgatan lämnade sällan sin praktik som inte utgjordes av mer än ett trångt kontorsrum i doktorns lägenhet. Sista året hade polisen visserligen, efter att tidigare inte ha brytt sig nämnvärt om hanteringen av opiumbaserade droger, efter diskussioner i riksdagen och medicinalstyrelsen börjat besöka läkare som alltför frikostigt skrev ut recept på narkotiska preparat. Men det var långt ifrån alltid som de medikamenter doktorns patienter ansåg sig behöva tillhandahölls efter recept och skulle hämtas ut på apotek. Doktorn kunde själv hjälpa sina patienter till lindring på sin lilla klinik, en pinnstol intill ett medicinskåp i det trånga kontorsrummet, eller hjälpa dem att under eget ansvar i hemmiljö sörja för sin medicinering. "Allt under eget ansvar", var just den fras Holger flera gånger hört doktorn använda till sina patienter medan han skrev ut räkningen för sin tjänster.

Holger såg redan nere från gatan att ljuset brann i mottagningsrummet. Efter att ha presenterat sin passagerare för doktorn återvände han ner till bilen på gatan. Han behövde inte vänta mer än några minuter innan hans passagerare åter var nere på trottoaren, märkbart lättad och med ny ledighet i rörelserna och en mindre medicinflaska inrullad i brunt omslagspapper i sin hand och den ena kavajfickan putande av ett litet etui. Göring bad Holger vänta utanför Odengatan 23 medan han gick upp i trapphuset. Han var nere efter en kort stund och sade att han saknade nyckel till lägenheten. Han bad Holger att i stället köra honom till sin svärmor på Grev Turegatan. När de kommit fram lyfte Holger sin passagerares kappsäck ur bilen och följde honom in i huset. Göring började gå trätrappan några steg upp i trapphuset, men stannade till och såg ut genom glasdörrarna mot gården. Det fanns ett litet kapell där ute och i dess fönster stod tända stearinljus. Ett par facklor flammade mot en brandgavel. Göring gick snabbt ut genom gårdsdörrarna och fram till kapellet. Han vinkade till sig

Holger och tecknade åt honom att ställa väskan på kapellets förstutrapp.

– Är min hustru här kan vi göra ordning med betalningen, sade Göring. Annars får han komma tillbaka i morgon.

Han sköt upp dörren till kapellet och ett varmt sken föll ut över gårdsplanens stenläggning. Där inne satt en grupp damer i stolar utsatta i en ring på golvet. En bild av den heliga Jungfrun smyckade altaret mot kapellets kortvägg. Ett par skärmar med bibliska motiv inramade valvet som avgränsade altarrummet mot det lilla samlingsutrymmet. En kvinna, yngre än de andra, som satt intill ett högt snidat skåp längs med den fönsterlösa långväggen, kastade sig upp från sin stol när hon fick se dem. Hon rusade fram till Holgers passagerare och föll i hans famn.

– Min älskling, viskade hon.

Göring sade något på tyska.

– Men jag visste inget, svarade hon. Liebling. Jag visste inte att du redan var frisk.

Paret märkte inte hur Holger till kvinnornas förvåning tog steg efter steg in i kapellet. Tårarna fick ljusen att blomma till små stjärnknippen i hans ögon. En äldre kvinna reste sig ur en karmstol vid ena långväggen och försökte ställa sig i hans väg. Men han var lika blind för henne som för de andra i rummet.

– Jag har varit här förut, sade han utan att veta med vem han talade. Jag var här som barn med min mor och såg andarna röra sig som ljusskuggor och hörde dem tala med de levande genom min mors skrivmaskin. Doktor Sönderhjelm var här...

Han tystnade efter att för första gången på många år ha nämnt namnet på den som i åratal förföljt honom långt in i drömmarna.

– Doktorn var här och jag satt vid dörren, fortsatte han. Doktorn ville ha mig med, inte gömd i lådan som annars, utan som ett vittne och han hade lärt mig att säga: "Ljuset, mor, nu ser jag det..."

En äldre kvinna reste sig.

– Jag var med, sade hon.

– Ja, jag minns det, sade en annan av damerna och slog händerna för ansiktet.

Och så upprepade Holger, med en röst tunn som en sexårings:

– Ljuset, mor, nu ser jag det...

Holger fick sin betalning för resan en stund senare, när damerna frågat ut honom om hans mor. Han svarade att hon levde, men att hon inte längre talade med de döda annat än för att nå egen kunskap. Flera av dem började berätta om kvällen nästan två decennier tidigare och hur de ännu mindes hur andarna gick längs med kapellets väggar och strök sina fingrar genom stearinljusens lågor. Det där var något Holger sett Sönderhjelm göra många gånger när han förevisade Sara som medium. Doktorn hade jämt sagt att det andarna inte själva förmår berätta för de levande, det får man hjälpa dem med. Till sist stod Holger åter ute på gatan intill droskan, med en handfull mynt i sin hand. Flygkaptenen hade följt honom ut och sagt att han säkert skulle behöva en uppmärksam chaufför i fortsättningen och visst hände det några gånger under den följande vintern att han hade makarna Göring i sitt baksäte på väg till teatern eller någon dansrestaurang eller bal. Men mer än så blev det inte, bortsett från de gånger doktor Holmström bad Holger att köra en liten medicinalflaska till flygarens hem på Odengatan.

Slumpen hade placerat Hermann Göring i Holgers droska den hösteftermiddagen. Men när den tyske flygaren strax före midsommar ett drygt halvår senare åter hamnade i baksätet hos Holger ute vid Långbro för att bli körd in till staden var Morgenstern tillbaka i Stockholm och på golvet i bilens baksäte låg en dyrbar kalvskinnsplånbok fylld med sedlar i skilda valutor och ett par papper med utkast till kontrakt gällande den europeiska flygfarten. Slumpen är den enda princip som har egentlig bärighet på våra liv. Men då och då hamnar vi i en situation där även slumpen är en förklädnad och varje ögonblick som bär det tillfälligas prägel i själva verket är en del i en noga upplagd plan, vars syfte och mål är fördolt för dem som dras in i den.

VI

HOLGER, HOLGER, HOLGER, nästan gnolade Hermann Göring uppsluppet när han satte sig i baksätet till bilen och viftade med ett kuvert i handen. Mein Freund, här är min frikännelse. Äntligen har jag fått det intyget på att jag är fri från mitt beroende. Förstår Holger? Nu är jag inte längre hinder för min hustrus vårdnad om sin son, och om någon vecka reser jag till mina tyska partikamrater i Weimar, upprättad...

Han öppnade kuvertet och drog fram ett papper med Långbro sjukhus brevhuvud.

– ...har under sin vistelse därstädes genomgått en avvänjningskur från bruket av eukodal, läste han mumlande och så sken han upp och höjde rösten. Här!... fullständigt avvänjd från nämnda bruk och fri från bruket av alla slags opiumpreparat... Stockholm, den 21 juni 1926. C. Franke. Biträdande läkare vid sjukhuset å Långbro. Frei, mein Freund! Så har ändå endlich sanningen segrat.

Holger böjde sig ner under instrumentbrädan och stack handen i sin lilla väska som stod på golvet vid framsätet. Han räckte över en liten medicinalflaska som han hämtat hos doktor Holmström åt sin passagerare tidigare under dagen.

– Doktorn hälsar, sade han när han räckte över den lilla flaskan inrullad i brunt omslagspapper.

Göring tog snabbt emot flaskan och stoppade den på sig utan en kommentar. Han fortsatte att berätta för Holger om vilken betydelse detta dokument hade för honom. Han skulle åter kunna ta upp sitt politiska arbete och nu fanns inga hinder för hans hustrus familj att acceptera honom. Hans svärmor, Huldine Fock, var ju dock av irländskt ursprung och själv var hans familj i botten engelsk. Visst fanns mer som förenade än som skiljde.

– Inte sant, Holger? sade han. Inte sant?

Holger bara nickade och väntade på att hans passagerares blick skulle falla på vad som låg på golvet framför baksätet. Görings vita kostym klibbade och lade sig i fuktiga veck mot hans kropp. Han hade tagit av sig sin hatt och lagt den på sätet intill sig. Med en stor näsduk torkade han svett ur ansiktet som var glansigt och svullet. Holger var sjöblöt under chaufförsjackan. Han och Linet hade legat vakna halva natten. De korta timmar då solen letade sig ner under horisonten hade de legat intill varandra i halvmörkret med fönstret öppet mot den flyktiga, bleka natten. Hon pratade nästan aldrig om giftermål nu längre.

– Du menar i nöd och lust, hade han sagt henne en gång flera år tidigare. För evigt?

– Ja, för evigt, hade hon svarat.

– För evigt är en väldigt lång tid, hade han svarat henne och sedan hade hon inte nämnt det igen.

Linet hade berättat om hur pastor Hammarståhl suttit med fötterna i ett kallt vattenbad för att kyla kroppen. Den åldrade prästen hade berättat att han brukat sitta så som ung missionär på församlingens station i Ekvatorialafrika vid sekelskiftet. Han hade också uppmanat sin kollega pastor Matter att pröva, men den betydligt yngre prästen hade bara rodnat och sagt att värmen inte alls besvärade honom. Och så hade han gått där resten av eftermiddagen på församlingskontoret med svetten drypande under den varma prästrocken. Hon hade berättat det för Holger i mörkret och de hade nästan varit för utmattade för att orka skratta åt det. Sedan hade de legat där sida vid sida, höljda bara till en del av ett tunt lakan, och lyssnat till fåglarna som en efter en tog upp sina visor mellan hustaken medan ljuset sakta återvände till dagen.

Holger hade suttit i bara skjortan i bilen på utvägen till Långbro, men det var knappt att fartvinden rådde på den kvalmiga hettan. Då hade han tänkt på vad han läst hos Hedin om öknarnas nomader, som för att skydda sig mot värmen klädde på sig klädlager efter klädlager. Han hade dragit på sig jackan igen, men inte gjorde det stor skillnad. Han hade passerat ett par bilar som stod med kokande motorer intill vägkanten och i hagarna låg korna utmattade i skuggan under träden.

– Asch, denna värmen, suckade Göring ur sätet bakom honom.

Holger erbjöd Göring en av flaskorna med vatten som han hade liggande intill sig, för att dricka och för att vid behov fylla kylaren med. Passageraren stirrade frågande på buteljen som begrep han inte vad Holger menade.

– Vatten, förtydligade Holger, vände sig om och kastade samtidigt en kort blick för att kontrollera om kalvskinnsplånboken låg kvar på golvet intill baksätet.

Men Göring bara skakade avvärjande på huvudet åt flaskan och torkade sig på nytt med näsduken i ansiktet.

– Man kan tro det skulle vara svalka där, i de stora salarna i sjukhuset, sade han. Jag menar, kallt där inne i stenen, i rummen av sten. Men när solen ligger på genom fönstren så hittar värmen in överallt. Det blir tyst. Dårarna orkar inte ens med sin egen galenskap där inne. Det blir tyst. Fåglarna orkar inte sjunga. Lössen faller ner medvetslösa i sängarna. Spindlarna kryper långt ner i källaren. Holger skulle ta sin mor därifrån. En sådan människa som Holgers mor. Min svärmor har berättat. Holgers mor är en upplyst människa, vad har hon där bland dårarna att göra? Varför ska en sådan människa vara där? Det är skandal.

Holger svarade inte. Han fortsatte att köra längs med Årstafältet och tog en liten omväg in mellan småhusen i Enskede för att ge sin passagerare tid att hitta betet som var utlagt i baksätet. Men Göring bara fortsatte att prata, som det tycktes obekymrad över om Holger alls lyssnade. Han sade att han redan ett par dagar senare skulle resa till Tyskland, där den viktigaste politiska händelsen sedan det narraktiga fredsslutet skulle gå av stapeln.

– En ny tid för det tyska folket, sade han. För Europa. Förstår Holger?

Holger sade sig förstå och fortsatte att lyssna på sin passagerares monolog, men hans tankar cirklade kring att bytet kanske redan var förlorat. Till Tyskland, tänkte Holger. Hur länge? Med vilken uppgift? Om de ändå skulle avstyra hela den planerade… Men plötsligt, när de redan hunnit över Skanstullsbron och börjat köra uppför Götgatan, tystnade passageraren i baksätet. Det blev en utdragen paus i svadan och sedan började Göring åter prata som för att hålla Holger på andra tankar. Holger vände sig hastigt om och såg hur Göring satt med kalvskinnsplånboken i handen och bläddrade bland sedlarna.

– Har kapten von Göring förlorat något? frågade Holger.

Göring ryckte till och såg upp som en skolpojke som blivit avslöjad mitt under något upptåg.

– Nej, sade han häftigt. Det är märkligt. Jag fann denna i bilen, här på golvet…

Holger vände sig om med spelad förvåning och stirrade på plånboken.

– Jag känner inte igen den, sade han. Kan kapten von Göring se om den har några kännetecken?

– Inga, sade Göring. Sedlar från olika länder och en del papper. Här finns anteckningar på mitt hemlands språk. Auf Deutsch.

Holger satt tyst en kort stund, vem som helst skulle kunna tro att han satt och funderade.

– Det måste vara den tyske eller danske herrn som jag körde till Grand Hôtel innan jag reste ut för att hälsa på mor, sade han. Jag får åka till hotellet och se om jag kan återlämna den så snart jag kört kapten dit han vill. Är det mycket pengar?

Göring svarade inte, utan lade bara ner plånboken på sätet intill Holger och gav ifrån sig en lite misslynt suck över sakens utgång. När han svängde upp runt ett gathörn ut på Slussplan kastade Holger en kort blick på mannen i baksätet. Han satt besviket och mumlade för sig själv. Inte förrän de kommit halvvägs på Skeppsbron vände sig Holger åter om mot sin passagerare.

– Skulle kapten von Göring ursäkta om jag stannade till utanför Grand Hôtel nu? frågade han. Det är inte mycket till omväg och tar bara någon minut. Jag vill inte att kapten ska tro att jag inte handskas med den här saken på ett korrekt sätt.

Göring ryckte på axlarna. Holger svängde runt över Norrbro och ner mot hotellet.

– Jag lämnar bara in plånboken i receptionen, sade Holger. Kanske vill kapten följa med in och se till att allt går rätt till?

Göring hade först lätt irriterat skakat på huvudet, men hur det kom sig så följde han ändå med in. Där vid hotellreceptionens disk stötte de ihop med Morgenstern som stod och försökte få en hotellmedarbetare att hjälpa till att återfinna något som tidigare under dagen förlorats, förmodligen i en taxibil. I samma stund trädde Holger fram och räckte över plånboken. Ett tag tyckte Holger nästan att Morgenstern spelade över i sin glädje och lättnad över att ha återfått plånboken och i de omedelbara försöken att överräcka de kontanter som fanns i plånboken till Göring som hittelön. Holger tyckte också att Morgenstern kände igen Göring lite väl tidigt, då han tryckte dennes hand och presenterade sig som direktör Hauptmann. Men Göring föreföll bara smickrad över att så snart ha kommit i situationens centrum och det dröjde inte länge innan han nyfiket satt vid Morgensterns sida i en soffa i hotellobbyn och lyssnade till vad Morgenstern sade sig veta om den omfattande finansiella omstrukturering av den europeiska flygfartens framtid som stod för dörren. De pratade omväxlande tyska, danska och svenska med varandra, som skulle språkbytena försänka situationen i en än mer fördjupad atmosfär av hemlighetsmakeri.

– Ni, kapten Göring, kan spela en avgörande roll i denna historiska utveckling, hörde Holger Morgenstern viska till Göring medan han försiktigt drog sig tillbaka för att vänta på sin passagerare i bilen. Som agent för såväl Heinickefallskärmen som den svenska efter Törnblads konstruktion och som representant för BMW-motorn har ni ju redan en central position inom industrin. Jag hade planerat ett möte med kapten Tornberg,

som om han nu klarar sitt försök till höjdflygningsre-
kord, skulle kunna agera bulvan och ge en stark svensk
förankring åt våra betydelsefulla planer. Jag har hört att
det finns betydande finansiella krafter knutna till ho-
nom. Men vad är egentligen ett höjdrekord? Cirkus-
nummer för de oförstående! Ni, kapten Göring, där-
emot...

Holger behövde inte vänta länge i bilen innan Göring
och Morgenstern kom ut ur hotellet och bägge steg
upp i baksätet. Han blev omedelbart, som de redan ett
par dagar tidigare planerat, ombedd av Morgenstern
att köra till telegrafstationen vid Malmskillnadsgatan.
Holger förstod bara delar av vad Morgenstern viskande
instruerade Göring, men han uppfattade enstaka fraser
som representant, aktie, rätt ögonblick, fusion... Mor-
genstern och Göring var inte inne på telegrafstationen
längre än några minuter, men de var bägge påtagligt
nöjda då de återvände till bilen. Morgenstern sade att
Göring redan dagen därpå skulle få veta hur dagens
transaktion fallit ut. Göring beklagade att han inte
hade tillräckligt med eget kapital för att själv gå in i af-
färerna och bära ett finansiellt ansvar. Han sade att det
kapital han hade efter försäljningen av villan i Ober-
menzing hölls kvar av allmänne åklagaren i München
och visserligen hade, "som direktör Hauptmann säkert
vet", hans hustrus familj ansenliga tillgångar, men ty-
värr hyste inte alla hans släktingar det förtroende för
honom som han förtjänade... Holger vände sig om i
framsätet och ursäktade sig.

– Förlåt mig, herrarna, sade han. Jag förstår inte mycket av vad herrarna pratar om, men kapten von Göring känner ju till min mor...

Göring nickade.

– Herrarna får ursäkta men jag måste berätta, fortsatte han. Min mor berättade en syn hon haft. Hon var i ett litet kapell – kanske som det på kapten Görings svärmors bakgård – och kapten var med, och kaptens hustru, svärmor och flera andra ur kaptens familj... Mor har blivit mycket intresserad av fåglar och i hennes syn kom de till henne. Från hög höjd kom de glidande, likt flygplan tror jag hon sade, men jag tror knappt att mor någonsin sett ett sådant och än mindre hört talas om något... Men synerna mor får har ofta burit kunskap om sådant som hon inte vet något om... För flera år sedan talade mor om gula broar över gatorna, hon som inte sedan före kriget har varit utanför ett sjukhusområde. I dag kan vi se de gulmålade markeringarna vid gathörnen där promenerande ska passera över gatan... Mor har alltid sett framtiden i nuet, hon som lever utanför tiden. I hennes syn hade ni suttit där i kapellet och hela tiden kom fåglar flygande in genom fönstren med gyllene lagerkvistar i näbbarna och guldägg i sina klor... Till sist var hela kapellet fyllt av ett lövverk i guld och mor sade att ur äggen pickade små...

Han tystnade, som generades han över sin påflugenhet.

– Herrarna får förlåta, ursäktade han. Ni måste tro att både jag och min mor är alldeles galna... Förlåt mig.

Morgenstern fortsatte omedelbart sitt prat om aktiekurser, företagsfusioner och internationell handelspolitik, men tystnade när hans medpassagerare plötsligt avbröt honom och sade att han kanske trots allt skulle kunna övertala sin hustrus familj att backa upp hans engagemang i ett europeiskt flygfartskonsortium...

– Med kapten Göring som konsortiets representant och direktör i Berlin, började Morgenstern och Holger kunde höra hur hans röst färgades av tillfredsställelsen över att ett tilltänkt offer tycktes ha fastnat på kroken.

Dagen därpå, en dag före midsommarafton, när Holger kom upp till lägenheten på Odengatan med en telegramkopia och ett brev från Morgenstern som berättade att gårdagens investering redan fördubblats i värde och att Göring nu genom den lilla insats som hittelönen utgjorde kontrollerade en, om än blygsam, del i ett paneuropeiskt flygbolag, gick det inte att ta miste på den tyske kaptenens upprymda förtjusning. Morgenstern hann träffa sin nyblivne kompanjon ytterligare ett par gånger innan Göring i början av juli reste till de första nazistiska partidagarna i Weimar. När han där mötte sina partikamrater gjorde han det med självbilden av en man som stod inför utsikten att få ett dominerande inflytande över den kommersiella flygfarten i Europa. När han höjde högerarmen i den vid partidagarna antagna officiella hälsningen kände han inte bara att det var hans hemlands politiska framtid som efter några års krävande skuggtillvaro ljusnade, utan även hans eget livs.

Holgers kropp var spänd och orolig där han rörde sig fram och tillbaka i sängen intill Linet. Det hade varit så några nätter nu. Hon kunde stiga upp mitt i natten och sitta vid det öppna fönstret mot Bondegatan och titta på honom när han äntligen somnat. Då och då mumlade han i sömnen om saker som hon inte förstod. Att han var inblandad i något som han inte berättat allt om för henne, det visste hon och det var hon också van vid. Nu var Morgenstern tillbaka i Stockholm och en eftermiddag hade hon kommit hem och funnit dem vid köksbordet med stora buntar tryckta dokument framför sig. På kvällen hade hon frågat Holger vad Morgenstern egentligen ville, men han hade bara slagit armarna om henne och sagt att allt skulle bli bra, att allt äntligen skulle komma till ro, att han på natten drömt om hur ett barn kröp upp i deras säng, att kanske Sara snart kunde komma ut från sjukhuset och besöka dem, att alla frågor skulle få ett svar, att allt skulle bli som det alltid hade kunnat vara...

Och kanske trodde hon honom. Inte heller hon berättade allt för honom. Under våren hade den unge prästen i församlingen, pastor Matter, uppträtt konstigt så fort de blivit ensamma tillsammans. Då hade han varit på en gång blygt försagd och framfusigt närgången. Men allt han uttryckte dolde han i meningar som kunde betyda vad som helst, som blev varje trivial fras ett chiffer för henne att lösa. En eftermiddag hade han sett hur Holger hade mött Linet nere vid gathörnet och ställde efter det i flera dagar frågor om vilken hennes relation till Holger egentligen var. Under den vecka då pastor Hammarståhl varit helt upptagen av ärkebiskop Söderbloms ekumeniska möte hade Matter flera kvällar beordrat henne att stanna kvar senare än de andra och förelagt henne meningslösa uppgifter som att skriva rent redan färdiga protokoll och brev.

Vid ett tillfälle blev hon ombedd att skriva rent predikningar vars kärleksbudskap knappast lämpade sig att framföras i en predikstol och en förmiddag tog Matter med henne att titta på en lägenhet som han funderade på att flytta till. I ett mindre rum dröjde han sig kvar och undrade om hon inte trodde att det kunde lämpa sig som barnkammare. Hon hade svarat undflyende att hon säkert trodde det skulle passa utmärkt, men då hade han avkrävt henne mer precisa svar om var hon tyckte att sängen skulle stå, om hur länge barnen skulle ammas och om hon som mor skulle göra det själv eller hålla en anställd, om hon trodde att ett barn kunde fördärvas av att vara alltför nära sina föräldrar eller borde hållas åtskilt från dem tills dess moraliska mognad blivit så stor att någon risk inte längre förelåg...

Till sist hade hon avbrutit honom och sagt att hon inte förstod vad han pratade om. Hon hade tänkt att ta upp saken med pastor Hammarståhl och kanske hade allt blivit annorlunda om hon gjort det. Men annat kom emellan – en församlingsbo råkade i desperat uppgivenhet, det fattades stolar till kyrkkaffet, nattvardsvinet, som blivit fullständigt odrickbart i sommarhettan, måste ersättas och systern till en kyrkvärd hamnade under en spårvagn på Birger Jarlsgatan: smått och stort som adderas för att till sist utgöra innehållet i ett helt liv...

Linet hade följt med Holger ut till Sara en eftermiddag i början av augusti. Hettan vägrade släppa sitt grepp om staden och gjorde sig hemmastadd överallt: mellan fasaderna i de smala grändernas skugga, i husens innersta fönsterlösa rum, i källarrummens valv och under broarnas spann. In överallt smög sig hettan: in i andhämtningen då de låg tätt intill varandra i sängen, in mellan deras svettfuktiga kroppar, in i benens märg så att kroppen kändes mjuk och kraftlös. Hon njöt av att fartvinden ändå fläktade tillräckligt genom de öppna bilfönstren för att ge en illusion av svalka då de körde Södertäljevägen söderut. Gräset var gulnat, torrt och sprött i hagarna längs med vägen. Ibland kunde hon tänka att värmen var så ihärdig att hela staden höll på att smälta. Asfalten på gator och bakgårdar kändes mjuk och skälvande. Plåttaken var heta som stekpannor. Alla klagade på att hettan gjorde det omöjligt att sova om nätterna. De korta timmar av tvekande mörker som dygnet rymde låg de vakna, flämtande i halvdunklet. Holger låg stirrande upp i taket, ibland mumlande för sig själv som om han drömde. Men han låg där med öppna ögon och hon kunde se i hans ansikte att hans fantasi förvandlade drömmar till planer och planer till redan utförda handlingar. Men hon visste fortfarande inget om vilka de planer var som hämtade sin näring ur drömmarna och såg sig manifesterade i redan avslutade handlingar. Morgenstern hade åter rest från staden, men på förmiddagen hade det kommit ett telegram från honom som gjorde Holger upprymd och rastlös. Han hade gått fram och tillbaka i lägenheten och pratat för sig själv och till sist plötsligt rusat iväg. Medan han var borta hade hon tittat på telegrammet, men inte begripit mycket av det:

DE NYA PAPPEREN TRYCKTA STOP VAGN JENSEN SKÖTER TELEGRAFEN STOP G. NU TILLBAKA I STHLM STOP TILLSAGT G. FUSIONEN SNART ETT FAKTUM OCH ATT PENGARNA MÅSTE PÅ PLATS INOM TVÅ VECKOR STOP DOCK TVEKAR FOCK STOPP G. FÖRESLÅR SEANS STOP TELEGRAFERAR LÅNGBRO UNDER NAMN PROFESSOR HEINEMANN STOP ANLÄNDER TORSDAG STOP

M.

Vare sig Vagn Jensen eller professor Heinemann hade hon tidigare hört talas om, men hon misstänkte att G. var den tyske flygkaptenen som Holger pratat om flera gånger det gångna halvåret. Hon hade velat fråga honom om det på utvägen till sjukhuset, men så hade han plötsligt själv börjat prata om en dansk professor som ville ta Sara därifrån och undersöka henne. Han berättade att det var någon som Morgenstern kände väl, en österrikisk läkare, författare till en lång rad verk av betydande vetenskapligt värde, ledamot av flera akademier och med en mängd internationella utmärkelser, en av Europas främsta forskare inom sitt fält – och i allt han sade hörde hon Morgensterns danska brytning, som gjorde Holger inget annat än rabblade en läxa utantill.

Sommarvärmen hade fått vattenståndet i dammen att sjunka. Sara satt hopkrupen intill den strandkant som nu utgjordes av en uttorkad sprucken lerbädd som tidigare varit dammens botten. På den krympande vattenytan trängdes änderna och några svanar. Vattnet luktade sött som hade det börjat ruttna och jäsa. Överallt i sjukhusparken satt utmattade patienter i vita linnen under träden. Under en ek var en grupp förvridna invalider i rullstolar hopfösta som en hjord boskap som samlats till märkning eller slakt. Överallt stod fönstren öppna i husen och genom gallren hördes enstaka rop. Men i övrigt var allt tyst. Någon gång rasslade en efterlängtad vindkår genom trädens uttorkade lövverk, men det var ett bedrägligt bud om svalka. Himlen hade en gaslågas blå färg och solen lät sitt brännglas vita punkt sakta vandra genom landskapet. Ur trädens gulnande bladverk föll med de torra löven även småfåglar utmattade till marken och änderna i dammen låg stilla, som var de rädda för varje ansträngning. Dygnets timmar skar sig genom dagen där luften tycktes tjockna som surnande mjölk på en skafferihylla.

– Jag vill att mor berättar om fåglarna igen, sade Holger. Inte bara för mig. För andra också. Nog kan mor berätta för andra om fåglarna som kommer med guld i sina näbbar och klor? Minns mor hur de bar lagerbladkvistar i sina näbbar och kom som flygplan ilande genom luften? Kan mor berätta om det för Linet,

131

kanske? Linet är här, mor. Linet vill höra mor säga något om fåglarna som kommer som flygplan på silvervingar och bär guldägg i sina klor. Hela himlen öppnade sig, har mor sagt, och så kom de flygande mot mor, silvret bar dem, guldet bar dem, och de flög mot mor med himlens hela rikedom samlad kring sig. Minns mor det? Kan inte mor berätta? För Linet och mig och kanske för några damer i stan som mor redan har träffat för flera år sedan och som gärna vill träffa mor igen. Om mor bara säger som jag ber mor: att några fåglar flyger genom silver och genom guld ner till oss så kommer en dansk professor att hjälpa mor härifrån att träffa de där damerna. Men då måste mor berätta om fåglarna som flyger burna av silver och guld. Mor måste berätta det. Jag ska hjälpa mor, men mor måste själv berätta det. Kan mor det? Kan mor berätta för de där damerna som så gärna vill träffa mor om guldet som fåglarna bär i sina klor där de kommer flygande på vingar av silver?

Visst ljög han för henne, men han tänkte att i galenskapen spelade lögn och sanning ingen roll. Nog skulle hon lika gärna kunna ta till sig verklighetens lögner som galenskapens sanningar? Men Sara såg bara änderna som lojt sam genom slöjorna av alger som grodde över dammens vattenyta. De rörde sig som genom en trögflytande sörja, slog kraftlöst med vingarna men förmådde aldrig lyfta, strök de breda näbbarna genom fjäderdräkten för att släppa lite luft in under dunlagren. En liten skälvning gick över vattenytan och marken drog sig samman. Långt nere ur underjorden hördes ett dovt läte som var världen en katt som spann intill en ugns spisvärme.

Och så var katten ute och strök mellan parkens träd. Fåglarna i dammen började oroligt röra på sig samtidigt som det dova mullret steg ur underjorden och vandrade upp genom trädens rötter, stammar och grenverk. Till sist blev det kvävda mullret till ett dämpat morrande som strök fram över landskapet och lika plötsligt som skuggan var över dem var den åter försvunnen. Fåglar lyfte ur träden och ur husen rusade gestalter i ljusa kläder ut på gårdsplanen och stirrade upp mot himlen. Skuggan som flygplanet kastade ner mot marken svepte över dem och för bråkdelen av en sekund fångades de i den. Sara såg upp mot himlen och solen glimmade till i flygmaskinens vingpar samtidigt som motorljudet slog ner över dem med ökad styrka. Flygplanskroppen vaggade lite fram och tillbaka med vingarna, som sände de en hälsning ner till dem. Sara tryckte sig skrämt intill Holger och satt stilla tills maskinen försvann bakom trädkronorna och motormullret dog bort. Så satte hon sig tillrätta intill strandkanten och såg hur lugnet åter spreds bland änderna i dammen.

– Där var silvret, sade hon kort och med det lät sig Holger nöja.

I bilen tillbaka in till staden sade han till Linet att Sara nog med lite hjälp skulle klara det. Gång på gång sade han sig det, att om fem sex dagar skulle hon vara redo. Hon frågade vad det egentligen var som Sara förväntades klara, men han svarade bara att det förmodligen räckte med att hon var där.

– Var? undrade hon.

– Där, sade han. Där hon redan har varit.

– Var? upprepade hon.

– Lugn, sade han. Jag lärde mig redan som barn hur man lär andarna att dansa utmed väggarna och hur man får dem att säga det man vill.

Mer sade han inte och när han på kvällen gav sig av för att köra ett sällskap ut till en kräftsupé med dans på Grand Hôtel i Saltsjöbaden hade han fortfarande ingenting berättat. Han upprepade bara sin vanliga uppmaning att hon inte skulle fråga. Fråga inte. Fråga inte.

De sönderbrända vägarna ut mot Saltsjöbaden dammade. Hans passagerare satt lojt tillbakalutade i baksätet. Mannen hade tagit av sig smokingjackan och kvinnan fläktade med en solfjäder sitt ansikte, där blanka svettdroppar banade fåror i pudret. Till och med deras gräl, som Holger aldrig förstod vad det gällde, var kvävt dämpat och tystnade snart, tillbakatryckt av värmen. Överallt längs vägen slokade trädgårdarnas växtlighet i hettan, i hagarna var gräset gulnat och träden fällde uppgivet sina löv. På raksträckan mellan Storängen och Saltsjö Duvnäs hade Saltsjöbanan stannat upp då tågföraren oroade sig för en solkurva. Loket stod som en frustande oxe på spåret, uppgav dova suckar och väsanden ur ångpannan, som ville det selas av sin last och försvinna ner mot Kolbottensjön för att svalka sig. Holgers passagerare kände igen ett par i en av vagnarna och han fick stanna för att låta dem kliva av på banvallen och snubblande ta sig upp till bilen. På terrassen nedanför en nybyggd villa på kullen snett emot Saltsjö Duvnäs station stod en familj och såg på. En trettonårig pojke tog sig ner till Holger och ställde sig självsäkert intill honom.

– Varmt, sade pojken.

– Varmt, sade Holger.

– Bra bil? undrade pojken och lade en hand på droskans främre stänkskärm.

– Bra bil, sade Holger.

– Sören, presenterade pojken sig och sträckte fram en hand.

– Holger, sade Holger.

Utanför Grand Hôtel tryckte hans passagerare en sedel i hans hand och bad honom vänta. Det kvävda grälet mellan dem hade så snart de fått sällskap i bilen bytts mot tillkämpad glättighet. Holger stod och såg efter dem när de gick in genom hotellportarna, högljutt pratande och skämtande med varandra. Det hördes musik där inifrån och ett par andra bilar med festgäster körde fram på uppfarten. Holger tittade på affischerna som saluförde kvällens begivenhet: ett svart negeransikte med runda, himlande ögon och breda bleka läppar intill en illröd kräfta. Bilden var omsluten av texten: *Rouge et Noir – Grand Gala de Nuit – Black People and Red Animals.*

Han stod en stund och samtalade med några av förarna från Freys som i karavan transporterat ut en hop festdeltagare, men sedan tog han bilen och körde tillbaka mot Neglinge för att titta på huset som tillhört

Thiels barnhem där han bott ett par vintrar före kriget. Thiel hade fått sälja sitt galleri ett par år tidigare till staten för att reda ut sina skulder. Holger hade haft honom i droskan någon gång, men aldrig velat ge sig tillkänna som en av dem bankiren hjälpt. Där det gamla barnhemshuset i Neglinge legat kändes allt förändrat. Några herrar satt med kyld punschkaraff i en trädgård och undrade vem han sökte och då sade han att han bara kommit vilse.

Han fick några smörgåsar och en källarsval flaska svagdricka från hotellets kök och gick sedan han ätit ner och satte sig vid småbåtshamnen. Uppe från terrassen framför hotellet hördes höjda röster, skrål och sång från kräftsupéns gäster. Solen hade redan sjunkit ner bakom kullen vid Badhotellet, men inte heller kvällen ville ge någon svalka. När han hörde hur musiken åter började spela gick han upp genom trädgården och ställde sig på gångvägen nedanför terrassen för att lyssna. På affischer hade han läst att det var negerrevyn som Rolf tagit till Vasan, Black People, som spelade. Holger hade varit med Linet året innan och sett revyn på Cirkus, Chocolate Kiddies, men nu var det en ny orkester och nya artister. Flera av supégästerna satt fortfarande med sina små papphattar på huvudena. De som ville uppträda som moderna nutidsmänniskor visade sin uppskattning av musiken genom att stå upp, en del på sina stolar, medan de försökte följa takten med handklapp och improviserade dansrörelser. Holger klev upp på en avsats för att kunna se bättre, men då var en hovmästare framme och vinkade ner honom. Men han fick en glimt av musikerna där inne. En klarinettist med halmhatt på huvudet stod framskjuten på scenen och spelade ett solo ur *Old Fashioned Love* med en sångerska skrattande vid sin sida.

– Så du står fortfarande i skuggorna och lyssnar, hörde han en röst genom rosensnåret.

Kristina hade en tunn klänning med en bård av broderade liljor vid kjolfållen. Det blekblonda håret var uppsatt med ett band med samma brodyr som kjolen. Hon tog ett par steg och ställde sig vid Holgers sida, sträckte på sig i ett försök att se annat än publikens vaggande ryggar där inne.

– Jesse är så glad över att få spela med Bechet, sade hon och smög sin hand i Holgers. Han är den bäste.

Hon hade starkt målade läppar och pudret förmådde inte dölja de trött mörka skuggorna under hennes ögon.

– Jesse? frågade han.

Hon såg på honom och skrattade till, som tyckte hon att han inte begrep någonting.

– Nej, Bechet naturligtvis, sade hon.

De blev stående en stund, lyssnade till applåderna och sedan till en kornett som med en fanfar inledde ett dansnummer. Ett halvdussin klackpar smattrade mot den provisoriska scenen ute på terrassen när Kristina drog Holger med sig ner mot båthamnen. När han försökte säga något lyfte hon bara en hand mot hans mun och tystade honom genom att stryka sina fingrar mot hans läppar. De gick träbron över till Badholmen och backen upp mot restaurangen och vidare ner mot badhusen. Några ungdomar höll fortfarande till vid vattenrutschbanan, men skriken då träsläden for nerför den uppbyggda rampen och ut över vattenytan lät inlärt upprepade, som hade de redan gjort färden några gånger för mycket. Här och var rörde sig promenerande par och inifrån badhusen hördes röster. En ung man stod och väntade på att hans sällskap skulle komma ut från dambadhuset. Hela tiden hördes musiken från hotellet dovt när de gick ner mot en udde. Hon släppte hans hand när han gick ut på en klippa och såg över vattnet ut mot Älgös mörka silhuett under den stjärnklara augustihimlen.

Plötsligt passerade Kristina honom och gick över en liten strandremsa rakt ut i vattnet. Klänningen låg kvar på klippan bakom honom, skorna kastade i det torra gräset intill och pannbandet hängande i en albuskes grenklyka. Hennes smala kropp avtecknade sig som ett blekt ljus mot det mörka vattnet. Han tog av sig jackan och började knäppa upp sin skjorta. När han satte sig på klippan och snörde av sig skorna hade hon redan simmat långt ut i fjärden. Han såg hennes huvud och axlar som en guppande boj där ute. Han ville ropa efter henne, men samtidigt passerade ett par på promenadvägen en bit därifrån. När han fått av sig sina byxor gick han försiktigt ut i vattnet. Det var knappt att det gav någon svalka. Det rörde bara lätt vid honom, som hade luften fått kropp och smekte hans hud med sina handflator. Han gick försiktigt ut i vattnet, rädd att plötsligt inte längre bottna, tills det nådde honom till axlarna och såg hur hon vände där ute, flöt en stund på rygg så att brösten steg över vattenytan som små bleka öar av drömd marmor och sedan började hon simma tillbaka in mot honom.

Hon sam rakt i hans famn och tryckte sig nära honom. Hennes läppar var svala av vattnet och de lekte tafatt med hans, medan hennes tunga strök fram och åter över hans tandrad i en flyktig skalövning. Hon slog benen om honom och lutade sig tillbaka i vattnet med armarna utsträckta över huvudet. Först var han rädd att hon skulle dra honom med sig ner under ytan, men så glömde han sin oro och flöt bara lugnt intill henne som var det mörka vattnet ett med natten där stjärnorna vakar över alla som älskar. Hon strök sin hand ner över hans mage och slöt fingrarna runt hans kön och när de kom upp på den smala strandremsan drog hon honom ner mot den sträva sanden och tog honom i sig. Senare satt han kvar vid strandkanten och såg hur hon åter simmade ut i fjärden, ett blekt ljus svävande över en mörk avgrund.

Rummet hon och Jesse delade låg högt upp intill hotellets vindsvåning och var fortfarande kvävande hett efter dagens sol över plåttaket. Hon hade bara dragit klänningen över sig när hon kommit upp ur vattnet. Det tunna bomullstyget hade häftat vid hennes blöta kropp, som ville det famna och smeka henne. Men i den varma kvällen hade de varit torra redan när de kom fram till hotellet. Musiken spelade fortfarande och delar av publiken skrek och dansade över terrassen, men i hotellobbyn satt några utmattade supégäster som tröttnat på larmet. Kristina drog Holger efter sig uppför en sidotrappa tills de nådde den översta våningen.

– De ville inte ha någon av de svarta musikerna boende här, viskade hon. Men mig kunde de inte neka rum.

Holger försökte säga något, men hon tystade honom genast.

– Säg inget, sade hon bara. Glöm orden.

Fönstren stod öppna ut mot natten i det trånga rummet. Kläder låg slängda över de enstaka möblerna och på fönsterbrädan stod en halvt urdrucken flaska gin. Hon klev omedelbart ur sin klänning och drog ner honom intill sig i sängen. Musiken hördes dovt nerifrån hotellverandan, tonande i takt med klangen från stjärnhimlens spel av glasklockor. De låg med ett lakan till hälften uppdraget över sina svettiga kroppar och hämtade andan när musiken till sist tystnade och applåderna dog ut.

– Jesse, sade han, men hon tystade honom igen.

Hon tog en smal handrullad cigarrett ur ett silveretui som låg på nattygsbordet och tände den med en smal bensintändare. Medan hon lät röken sakta ringla ur sin mun förde hon cigarretten till hans läppar. Han drog ett djupt bloss och såg upp mot takets sprickande rappning: en vagt antydd karta av ett sönderfallande landskap – gränsdragningar, brutna stigar, vattendrag...

– Blev du ledsen? frågade hon.

Han såg på henne. Röken från den smala cigarretten fick taket att bågna och rummets väggar att vagga fram och tillbaka.

– Ledsen? sade han.

– Blev du ledsen? frågade hon igen. När jag och Jesse reste?

Han bara såg på henne. Hon förde åter den tunna cigarretten till hans läppar och i det djupa blosset ville rummet svälla som en ballong och stiga upp genom natten, allt högre upp mellan stjärnorna. Hon lade sig åter ner intill honom med en hand på hans höft. Cigarretten hade hon lagt att självdö i ett askfat på nattygsbordet. Rummet svällde och steg genom natten. Det slet sig loss ur hotellets balkverk och bröt genom plåttaket som var det av tunt florpapper. Det steg genom de förirrade fågelsträcken och de vaga vindarna, genom mörkret i månens skära och kasten i stjärnbildernas broderier, genom Mars röda dimmoln och Saturnus svängande ringar...

Holger vaknade av att sängen gungade till då Jesse satte sig på sängkanten. Holger drog häftigt efter andan och försökte sätta sig upp. Men Jesse sträckte sig bara över dem och tog den halvrökta cigarretten från askfatet och sade:

– It's all right, man. It's all right.

Kristina tog tändaren från nattygsbordet och höll fram mot Jesse som tände cigarretten. Jesse drog ett djupt bloss och strök sina fingertoppar över hennes kind, över pannan och håret, vilade ett ögonblick och smekte sedan även Holger lätt över kinden.

– You sweet boy, log Jesse och blåste ut röken mot den lilla nattlampan vid sängkanten.

Holger satte sig upp i sängen och drog lakanet om sig.

– Been much to the planet lately? frågade Jesse och Holger bara stirrade in i det bleka, blinda ögat. Have you and Ti been there tonight?

Jesse reste sig och gick fram till den smala garderoben. Det fanns en handfull klänningar och kavajer i rad på stången där inne och Jesse drog av sig smokingjackan och hängde den över en galge. Hängslena föll ner över höfterna och smokingbyxorna gled över de svarta benen mot golvet. Medan Jesse knäppte upp skjortan kastade sig Holger upp ur sängen, trots att Kristina försökte hålla kvar honom, tog sina kläder i famnen och rusade mot dörren. Det sista han såg innan han, fortfarande utan kläder, sprang nerför hotellkorridoren mot sidotrapphuset var hur Jesse, ännu vänd mot garderoben, lät den vita kråsskjortan glida ner över axlarna och blotta sin tunna, starka rygg.

VII

ET VAR GENOM några dallrande stillastående
timmar den första onsdagseftermiddagen i
augusti som röster började tala till pastor Matter.
Han hade klagat på yrsel dagen innan och svetten rann
om honom i värmen, klistrade skjortan mot kroppen
under prästrocken och fick hans byxor att verka säckigt
uttjänta. Där han gick på församlingsexpeditionen för-
sökte han inte låtsas om dem, rösterna, inte bara av
rädsla för deras budskap och påträngande närvaro, utan
även i den fåfänga oron att om han lyckades dölja för
andra att de talade till honom så skulle de tänkas säga
honom något som andra inte visste.

Det var en förhoppning som snart blev infriad. Han
hade länge misstänkt att den mogna kvinna som han
hyrde in sig hos i ett rum mot gården gick in till honom
om nätterna när han sov, drog undan hans täcke och
studerade hans kropp utan att han märkte det. Någon
gång hade hon till och med löst upp hans nattkläder

och sett honom naken. Det var en av eftermiddagsrösterna som berättade det för honom, en medelålders bokhållarstämma som i några famntag kvalmigt stillastående luft i hettan tog kropp och viskade till pastorn att hans hyresvärdinna inte gick att lita på. Matter låste om sig den natten och sov lugnt, i den falska förhoppningen att vara skyddad från blickar och vilsegångna fantasier. Men redan nästa dag, när solen bränt stadens plåttak glödande, kom en äldre kvinnas röst för honom som menande suckade och sade att liderlighet tar sig in överallt, den klättrar uppför husväggar som en dresserad apa ur en detektivroman och kryper in genom fönster och gluggar. Den natten hade blivit nästan outhärdlig för honom, där han låg i sitt trånga rum bakom stängda fönster och kippade efter andan. Han visste inte om Herren var den han hade att tacka för att rösten redan dagen därpå kom tillbaka och försäkrade honom om att faran var över.

Den enda han trodde sig kunna berätta om rösterna för var biträdet på expeditionen, Linnea, men det var också hennes närvaro som tycktes ge rösterna energi och något att tala om. Pastor Matter oroade sig ständigt för att rösterna skulle säga något om hur han såg på henne: midjan där det svarta skrivförklädet snörde åt om den vita blusen, vaden som skymtade under den halvlånga kjolen då hon satt vid sitt lilla skrivbord i hörnet av ett av rummen, den milda doften av kvinnlighet som omslöt henne då hon sträckte sig efter sin lilla blå stråhatt på hatthyllan, den blommande svettrosen

i armhålan som öppnade sin krona av blomblad, kjol-
tygets smekning över låren, den tunna guldlänken runt
halsen och nyckelbenens små tankestreck mot axlarnas
och överarmarnas semikolon, bröstens lätta molntappar
under blusen...

Han låg mumlande hela nätterna för att hindra rös-
terna att säga vad de visste om henne, om hur han sett
på henne då hon klev upp på den lilla stegen i arkiv-
rummet och stödde sig lätt mot honom med en hand på
hans ena axel, om hur han förstod att natten klädde av
henne med sina mörka, svala händer... Kunde han bara
avleda rösterna från att avslöja sina fantasier om hur
han såg på henne så skulle han också kunna berätta om
dem för henne. Alla andra var han tvungen att dölja de-
ras närvaro för. Då han var ensam i arkivrummet fick
han humma och harkla sig för att överrösta dem och
när han var ute i expeditionen talade han högt och in-
tensivt så att de inte skulle få ett ord med i laget. Men
ensam, på gatorna då han var på hemväg eller i sitt
trånga hyresrum på Västmannagatan, var han tvungen
att lyssna till dem.

Han var tacksam över allt de varnade honom för,
ondskan och liderligheten som plötsligt snärjde vem som
helst i sina garn. Också han själv kunde bli deras offer
och bara bönerna och underkastelsen under en för-
låtande allsmäktig Gud skulle skydda honom. Han var
tvungen att än starkare tvinga sig till kontroll och be-
härskning och skulle inte det räcka som försvar mot alla
de hot rösterna varnade honom för så hade han skaffat

ett vapen, en armérevolver med sex patroner i det roterande magasinet. Han hade tagit dem ur vapnet och lagt dem på ett tefat och tittat på dem. De låg där som en oblat av bly framlagd att välsigna den det nu skulle komma att gälla med tystnad. Mantlarnas blint stirrande ögon, hylsornas slutna rökelsekar som viskade om en tid då människorna var närmare sanningen, närmare sig själva, närmare Gud... I hans rum, som rösterna och hettan sedan månader invaderat och hållit ockuperat, var vapnets stumma kropp det enda som gav honom hopp, en motståndsrörelse som ännu inte givit upp möjligheten att återerövra rummet till tystnaden och svalkan.

Linet hade försökt prata med pastor Hammarståhl om hans yngre kollegas förvirring, men den obetvingliga sommarvärmen hade påverkat pastorn. Han menade att det mesta berodde på väderleken och att Matter var upptagen av de andliga tvivel som en ung människa som vigt sitt liv åt att tjäna Herren måste genomgå. Hammarståhl hade frågat henne om det även gällde något annat, om pastor Matter mot henne som ung kvinna agerat otillbörligt eller på något sätt visat sig ovärdig prästkappan. Men det ville inte Linet säga om Matter, hon oroade sig för honom, hon sade att hon råkat på människor förr som hamnat i labyrinter av förvirring och sönderfall och att hon var rädd för hur unge pastorn skulle hitta ut därifrån. Men till sist slutade hon att fundera mer över saken.

Holger hade kommit hem några dagar tidigare i gry-

ningen och pratat om en utdragen körning till Saltsjö-
baden som slutat olyckligt. Men vad som egentligen
hade hänt ville han inte berätta, han sade bara att han
var trött intill minnesförlust och lade sig på sängen vänd
mot väggen. Men han sov inte, han låg där bara och låt-
sades vara famnad av sömnens mörker, stirrande stumt
framför sig in i de egna ögonlockens blodröda ridåer.
Hon satt på sängkanten och såg på hans rygg, där ande-
tagen hävde sig som rastlösa vågrörelser över ett upp-
rört hav. Naturligtvis sov han inte. Han gömde sig där
inne bara, låg som ett jagat villebråd och tryckte i hopp
om att ingen jägare skulle se honom. Han hade kommit
hem med kläderna i oordning, skrämd och utmattad,
men han hade inte druckit och han hade inga skador
som efter att ha varit i slagsmål. Men något hade hänt
och vad det än var så begrep Linet att det var något an-
nat än det där han förberedde med Morgenstern. Och
naturligtvis tänkte hon att det handlade om en annan
kvinna.

Morgenstern hade kommit och hämtat Holger på
sena eftermiddagen två dagar efter det att han återvänt
från Saltsjöbaden. Holger hade följt med honom, men
den där förväntansfulla rastlösheten fanns inte längre
hos honom. Inte heller när han på kvällen berättade om
den tyske flygaren var han närvarande i sin historia och
till sist frågade hon honom. Han svarade att hans oro
gällde Sara, att det var första gången han skulle kunna
ta henne med ut från sjukhuset och att han inte visste
vad det kunde leda till. Han gick bort till garderoben

och drog ut pappkartongen med buntar av maskinskrivna papper och började läsa ur dem för henne. Hon begrep nästan ingenting av det. Allt var sammanrört och sönderbrutet och till sist upplevde hon det som rapporter från drömmarnas innersta rum eller reseberättelser från färder uppför feberyrselns flodsystem. Till sist hade han frågat henne om hon trodde att orden han läste var Saras eller om de var sprungna ur fantasin hos den man som under ett par år då Holger var barn hade nyttjat och slagit mynt av Sara som firat medium, mannen som förföljde Holger långt in i drömmarna, doktor Sönderhjelm.

– Om allt det här bara är doktorns förryckta fantasier och inte alls kommer ur mors inbillningsförmåga så är hon ju inte heller till någon hjälp för damerna i kapellet, sade han och Linet ville inte avbryta honom och fråga vad det egentligen var han pratade om. Om det var doktorn som formulerade allt det här och mor bara var en marionett som fick klä gestalt åt hans fingerfärdighet och förvandlingsnummer så finns ju inget att göra när han inte är här för att hjälpa henne…

Holger tystnade och lade ifrån sig papperen. Plötsligt kunde hon se att han blev upprymd. Hon visste att hans oro egentligen inte handlade om Sara, den tyske flygaren och vad nu än Morgenstern planerade. Det bidrog kanske till den, men det var inte vad den handlade om. Men när Holger senare på kvällen drog fram skrivmaskinen som han sagt att han fått av sin mor, men som Linet visste att han köpt sig själv i en bod på Norrlandsgatan, nöjde hon sig med att det för stunden drev tankarna bort från vad hans oro nu än gällde. Han blev sittande vid köksbordet till långt in på småtimmarna och hackade fram ord för ord på maskinen. När en granne bultade i väggen en stund efter midnatt vek han ihop en filt och lade den mellan maskinen och bordsskivan för att dämpa stötarna då han slog ner tangenterna. Linet låg och lyssnade till knattret tills hon somnade och när hon åter kom till sans i gryningen satt han sovande hopsjunken över köksbordet med en bunt fullskrivna papper intill sig. Hon bläddrade försiktigt igenom dem och läste drömliknande sagobeskrivningar om fåglar som sänkte sig ner från himlen och fyllde källarrummen i ett slott som hette Rockelbo med guld, blandat med stundtals mycket detaljerade beskrivningar av flygfraktsbolag, aktieöverlåtelser och företagsfusioner.

Vad Morgenstern tillsammans med Holger planerat var inget annat än ytterligare en variation på en föreställning de gjort upprepade uppsättningar av flera år tidigare. Holger var inte den ende som försåg Morgenstern med kunder. Inte heller det sätt som Holger fångade dem på, med den glömda plånboken på passagerarsätet, var hans eget påhitt. Det var Morgenstern som lärt upp honom i snärjandets konst och när han väl behärskade den kände han en lycklig tillfredsställelse varje gång han gavs tillfälle att utnyttja den. Att träda in i den totala fiktionens värld gav honom en eufori som blivit vanebildande.

Plånboken var vackert sydd i kalvskinn och såg värdefullare ut än vad den var. Den var inte försedd med monogram eller andra personliga kännemärken, då den ju skulle kunna brukas i flera olika sammanhang, men var fylld med rekvisita som i sig själv kunde berätta en hel historia. Först och främst innehöll plånboken naturligtvis en rejäl bunt sedlar i olika valutor. Sedlarna var vanligen sorterade så att ett par av stort värde låg överst väl synliga och sedan var lägre valörer instuckna som utfyllnad. Skulle ett tilltänkt offer bara stoppa på sig plånboken, kasta sig ur droskan och försvinna i Stockholmsvimlet innan Holger hann börja sin snärjningsföreställning, ville de trots allt inte riskera att förlora för mycket. Utöver sedlarna fanns en del personliga tillhörigheter – visitkort, ett par fotografier, någon krognota, kvitton från välkända butiker, en förbrukad förstaklassbiljett för en interkontinental tågresa – vilket gav illusionen av att plånbokens ägare var någon med god tillgång till pengar, internationella kontakter och ett i alla bemärkelser rikt liv. Löst instucket i plånboken låg till sist det egentliga betet, det som först slog trollspöt för den saga upphittaren snart skulle ge vad som helst för att få bli medagerande i. Oftast använde Morgenstern ett par affärsbrev, några telegram med svårtydbara meddelanden i vad som för var och en framstod som kod, samt en handfull personliga anteckningar och kalkyler.

Sedan plånboken upphittats var det Holgers uppgift att så snart som möjligt föra offret till Morgenstern och på vägen dit förbereda den infångade genom att påbörja berättandet av sagan. När väl mötet iscensatts erbjöds omedelbart offret samtliga kontanter som fanns i plånboken i hittelön. Vanligtvis tackade upphittaren gentlemannamässigt nej till pengarna, men lät sig bjudas på något i Morgensterns hotellrum. De som tog emot erbjudandet inviterades också upp till rummet och snart var hittelönen glömd, då den framstod som en bagatell jämfört med de vinstmöjligheter som Morgensterns historia rymde.

Den saga som offret fick sig berättad kunde vara som följande: Morgenstern hade, på omvägar som han inte kunde berätta om, på en utländsk börs fått en kontaktperson som hamnat i konflikt med börsledningen. För att ta hämnd på sin arbetsgivare hade denne tillsammans med Morgenstern utarbetat en plan om att billigt komma över betydande börsvärden i vissa utvalda branscher. Det hela gick till så att aktiernas börsvärde under en mycket begränsad tid manipulerades till ett väsentligt lägre pris än det egentliga dagsvärdet. Om ett bud lades i ett givet ögonblick skulle en betydande aktiepost kunna inhandlas för att sedan omgående åter säljas med kraftig vinst. Morgenstern hade flera gånger testat systemet med mindre affärer tillsammans med sin kompanjon och funnit att det fungerade. När dagens slutkurser räknades in syntes inget av den för säljarna ofrivilliga realisation som skett under dagen.

Planen var att Morgenstern tillsammans med sin kompanjon i lugn och ro skulle samla samman ett större kapital och i snabb följd göra en serie omfattande transaktioner med en vinst av onämnbara proportioner som resultat. Nu hade dock problem uppstått, vilket ett av telegrammen i plånboken visade. Morgensterns partner hade fått veta att han inom kort skulle omplaceras till en post där han inte längre förfogade över börsinformationen på ett sätt som möjliggjorde en manipulation av börsvärdet efter planerna. Morgensterns eget kapital var bundet och för att kunna genomföra den tilltänkta transaktionen krävdes att de snabbt hittade en finansiär. En sådan hade Morgenstern redan och att han berättade om planerna för sin nyvunne vän var helt utifrån en vilja att visa en jämlike sitt förtroende. Morgenstern räknade med att vinsten skulle handla om mellan åttio och hundra procent, och den finansiär som bidrog med riskkapitalet – om man nu i detta sammanhang alls kunde tala om någon risk, som Morgenstern skyndsamt tillade – kunde tillgodoräkna sig en tredjedel av vinsten. Utan de koder som fanns nedskrivna bland anteckningarna i plånboken var det dock omöjligt att genomföra affärerna. Därför var naturligtvis Morgensterns tacksamhet mot plånbokens upphittare utan gräns och om denne nu så välvilligt avstått från hittelön så fanns kanske ändå intresse av att se hur systemet som Morgenstern utarbetat tillsammans med sin kompanjon fungerade.

Man planerade att under dagen pröva systemet en sista gång innan man med hjälp av finansiären gjorde sitt stora tillslag ett par veckor senare. Kanske ville Morgensterns nyvunne vän följa med och överse transaktionen? I så fall skulle det vara en glädje att föra ett värde motsvarande det i plånboken till transaktionen för upphittarens räkning och kanske vore denne villig att ta emot den eventuella vinsten och då inte som hittelön, utan som gåva mellan två nyfunna vänner. Tillsammans reste de till telegrafstationen i Holgers droska, som påpassligt fortfarande väntade dem, där ett krypterat telegram avsändes med instruktioner till kontakten vid den utländska börsen. Sedan gick man till ett närbeläget kafé för att invänta resultatet. Här brukade Morgenstern snärja sin åhörare med fler historier om hur säkert det utarbetade systemet fungerade, så länge hans kompanjon hade kvar den post han för tillfället besatt. En knapp timme senare återvände de till telegrafstationen, där inte bara ett telegram, utan två, väntade Morgenstern. Det första sände ett förnöjsamt leende över Morgensterns ansikte, men då han läste det andra bleknade han och kippade efter andan. Den nyfunne vännen brukade då fråga om pengarna var förlorade.

– Nej, nej, svarade Morgenstern och pressade fram ett ansträngt leende i sitt blekt oroade ansikte medan han med alla tecken på chock och uppgivenhet sjönk ner på en bänk i telegrafstationens hall. Vinsten vid dagens transaktion, vilken jag naturligtvis insisterar på att min herre behåller, blev över nittio procent. Ett gott tecken på att systemet fungerar. Ni har er vinst på en bankväxel i morgon.

Han nämnde ett belopp som uppenbarligen hans nyvunne vän inte hade något att invända mot. Men Morgenstern slog händerna för ansiktet.

– Och ändå är alla förberedelser förgäves, allt upp-givet, allt förbi, suckade han djupt. Låt mig dock inte belasta er med hur en människas drömmar som genom ett vinddrag går om intet. Kanske ges mig ett nytt till-fälle, men jag tvivlar...

Just uppgivenhet brukade väcka nyfikenheten hos den som själv just haft turen att ur det blå på några timmar förtjäna en rundlig summa pengar utan ansträngning. Efter att ha trugats en kort stund berättade Morgen-stern till sist att hans kontakt vid den utländska börsen skulle omplaceras redan nästa vecka och att hans finan-siär var onåbar på resa runt Bosporen och Marmarasjön och inte väntades åter förrän om minst tio dagar.

– Då är det för sent, ögonblicket har glidit mig ur händerna, mumlade Morgenstern förbittrat och försökte uppamma den tappra minen hos en gentleman som sett ett avgörande slag gå förlorat och ändå inte vill ta på sig den besegrades roll.

Vanligen brukade den nyvunne vännen inte behöva mer uppmuntran innan han med den uppfinningsrike och äventyrslystne affärsmannens självklara direkthet erbjöd sig att ta den bortreste finansiärens plats i trans-aktionen. Morgenstern avböjde naturligtvis inlednings-vis och lät sig först efter viss övertalning ta emot erbju-dandet, dock under förutsättning att hans nye kom-panjon inte nöjde sig med en tredjedel av vinsten, utan accepterade att som full partner ta emot en lika stor vinstandel som Morgenstern själv. När dessa för den nye kompanjonen mycket gynnsamma villkor med viss omständlighet bestämts blev det plötsligt bråttom att handla. Redan två dagar senare var affären tvungen att genomföras och frågan var då hur mycket den nye finansiären kunde uppbringa i likvida medel på mindre än ett par dygn. För att ingen tid skulle förslösas och det hela ske så smidigt och diskret som möjligt bestämdes att den taxichaufför som fört de bägge nyblivna affärskompanjonerna samman mot en generös ersättning skulle finnas tillhands under hela den tid affären tog att genomföra.

Morgenstern hade ofta understrukit för Holger hur viktigt det var att aldrig förlora uppsikten över ett offer. Vad som då kunde hända var naturligtvis att den utvalde kom på nya tankar och kanske kontaktade polismyndighet eller tog råd av advokat, alternativt att offret så drogs med i berusningen över sin del i en osviklig affär att han i upprymd skrytsamhet började berätta för andra om vad som var å färde. Med Holger ständigt vakande ett par steg bakom började den nye finansiären ett intensivt arbete att tömma bankkonton och inteckna tillgångar tills han fått ihop en så stor summa tillgängligt kapital som han över huvud taget mäktade. Dessa pengar deponerades hos en bankkontakt som Morgenstern försäkrade var helt säker i affärer av den här sortens delikata karaktär. Köpordern sändes därefter krypterad från telegrafstationen och några timmars spänd väntan började.

Morgenstern brukade även påpeka för Holger vikten av att inte göra för mycket av tillfället då ett så betydande belopp pengar lämnade offrets kontroll. Själva ögonblicket för köpordern var tvärtom det mest återhållna av alla under processen och framstod aldrig som mer än en självklar vardagsföreteelse affärsmän emellan. Därför brukade Morgenstern också ursäkta sig och dra sig tillbaka i ett par timmar efter att ordern lagts. Han brukade säga att han var tvungen att se till en annan planerad affär, vilken han naturligtvis gärna delade med sin nye kompanjon om denne blev nöjd med utfallet av den för handen varande. I stället blev det Holgers uppgift att hålla offret sällskap under de dryga timmar av väntan som följde på transaktionen. Det var en förhoppningsfull, närmast uppsluppen nybliven affärsman som han sedan följde till Morgensterns hotell, helt oförberedd på den chockartade vändning den tvärsäkra affären plötsligt tagit.

På hotellet väntade Morgenstern nämligen naturligtvis med packade väskor i färd med att lämna sitt rum. I sin hand hade han ett telegram som berättade att hans kompanjon vid den utländska börsen blivit arresterad och att svensk polis nu sökte hans svenska medbrottslingar. Telegrammet uppmanade Morgenstern att omedelbart lämna landet. Det gjorde naturligtvis inte saken bättre att den utländske kontakten visade sig vara lierad med en kriminell liga som gjort sig skyldig till flera bankrån där en handfull människor blivit bragda om livet. En internationell polisaktion var redan igångsatt för att leta rätt på dem som på ett eller annat sätt hade kontakter med den brottsliga ringen.

Morgenstern försäkrade att de satsade pengarna på inget sätt skulle betraktas som förlorade, men att det kunde ta längre tid än beräknat att föra in dem i Sverige. Han nämnde, mest som i förbifarten, den svindlande summa som affären trots allt hunnit generera. Morgenstern försäkrade även att hans nye kompanjons namn ingenstans fanns nämnt i transaktionerna, men att denne nog, trots detta, gjorde klokt i att lämna Stockholm och hålla sig från huvudstaden så länge det var möjligt. Medhjälp till den här sortens internationell brottslighet kunde ge upp till tio år i fängelse, men med tanke på att det fanns en koppling till rånmord så skulle straffet naturligtvis kunna bli ända upp till livstidslångt, utöver de omfattande bötesbeloppen.

Skulle inte den nyss vunne vännen och nu jagade brottslingen skrämmas tillräckligt av detta hade Morgenstern kontakt med en kriminalkommissarie vid Norrmalmspolisen som stod beredd att bara genom sin uppenbarelse ge trovärdighet åt hur en säker affärstransaktion förvandlats till polisärende. Morgensterns nyblivne kompanjon flydde hals över huvud till den lantegendom som nu var intecknad långt över taknockarna, oroligt väntande på att polisen skulle svänga upp i allén till huvudbyggnaden. Då och då kom ett kort telegram från Morgenstern avsänt från någon europeisk metropol. Meddelandena berättade att pengarna visserligen var säkrade, men att det skulle dröja ännu någon tid innan de kunde föras in i Sverige. Polisutredningen drev Morgenstern till det ena landet efter det andra och till sist upphörde telegrammen. Kvar satt en ruinerad skogsägare eller storbonde på sitt överbelånade gods, trots allt lättad över att ha undkommit utan att bli lagsökt och satt i fängsligt förvar.

Vad Morgenstern planerade för Göring var en liknande iscensättning. Dock insåg Morgenstern att eftersom Göring inte förfogade över en egen förmögenhet, utan var tvungen att ta sin hustrus familjs i anspråk, så kunde inte enbart den eventuella ekonomiska förtjänsten tjäna som lockbete. För att göra Göring medagerande i uppsättningen var han tvungen att vädja till tyskens fåfänga. Vad Göring erbjöds var därför inte bara möjligheten att köpa in sig i en kartell av mindre flygbolag i syfte att få ett dominerande inflytande över den europeiska flygfarten med monopolställning som mål, utan att Göring även skulle ges en central ställning inom bolaget och på sikt bli dess främste talesman. Att sätet för verksamheten skulle placeras i Tyskland presenterades som en självklarhet och således var bolagsbildningen, vars framgång naturligtvis helt berodde på huruvida strävandena kunde hållas i det fördolda, även av avgörande politisk betydelse för Tysklands framtid. Som en självklarhet omtalades också Görings centrala position i arbetet och att den ekonomiska insats som förväntades av honom inte hade annat än symbolisk betydelse.

Och så gick föreställningen in i det skede då allt plötsligt blev bråttom. Telegram nådde Morgenstern om att amerikanska och franska intressen enats, möjligen även med brittiska, och att det nu var nödvändigt att agera mycket snabbt. Om Göring ville ha den ställning i uppgörelsen som man diskuterat var han tvungen att omgående visa att han även hade ett visst kapital för att bevisa allvaret i sitt åtagande. Morgenstern var skeptisk till vad en seans skulle kunna bidra med, men Göring insisterade på att det var nödvändigt för att han skulle kunna återupprätta sitt skamfilade förtroende hos sin hustrus familj och därigenom få tillgång till delar av dess förmögenhet. Morgensterns invändningar handlade mest om att en seans förde med sig för många osäkra detaljer, men det var naturligtvis något han uttryckte endast för Holger.

Morgenstern hade trots sin tvekan varit på Långbro sjukhus och i gestalten av österrikisk hjärnläkare krävt att vid en klinik i staden undersöka den gåtfulla patient som nu diskuterats i decennier av internationell expertis inom den gren av den psykologiska forskningen som intresserade sig för det ockulta. Och när Holger hämtade henne en augustidag den sommar, då hettan aldrig ville släppa sitt grepp om staden, var han väl förberedd, med anderösters visionära monologer, förbluffande välinformerade om den europeiska flygfartens framtid, nedskrivna med skrivmaskin på allahanda typer av papper: sönderrivna affischer, omslagspapper, tunna kartongbitar och vanligt brevpapper, varav några prydda med brevhuvud från Långbro sjukhus...

Ett par dagar tidigare hade Linet upptäckt att pastor Matter väntade på henne nere på gatan. Han stod gömd i ett portvalv ett par hus ner och när hon började gå över Borgmästargatan ner mot Renstiernas gata följde han henne, löjeväckande utstyrd i grå grötrock i ett försök att lägga undan sin ämbetsklädsel och beblanda sig med stadens vardagliga folkvimmel. Linet trodde att pastorns nyfikenhet gällde hennes civilstånd och huruvida detta var förenligt med en tjänst på en församlingsexpedition, låt vara inom en frikyrka med rykte om sig att vara frisinnad och överseende med sina församlingsmedlemmars snedsteg och egensinnigheter. Det hade alltid förundrat Linet att Matter hittat sin tillflykt i just en kyrka som svor mot hans egen tillslutna rigiditet, men kanske lämnade just kyrkans öppenhet fältet fritt också för sådana som Matter. Hammarståhl hade aldrig frågat henne om var hennes egen tro fann sitt hem när han anställde henne. Han hade bara berättat något om de små negerbarn som han undervisat i Afrika, inte långt från den missionsstation där Albert Schweitzer nu försökte lära de infödda att uppskatta Bachs toccator och fugor.

– Jag frågade dem aldrig om deras tro, utan berättade bara för dem om min egen, hade han sagt. Någonstans tog den väl vägen in i deras svarta hjärtan.

Nej, att hon och Holger inte var gifta var inget som Matter kunde skada henne för. Dessutom trodde han fortfarande att Holger var hennes bror och han kunde förmodligen inte ens ha sett dem tillsammans eftersom Holger knappt varit hemma de senaste dygnen. Holger ursäktade sig med att han varit tvungen att följa den där tyske flygaren hela dagarna och att han dessutom hade

mycket att styra med vad gällde att ta Sara från Lång-
bro. Hon hade sagt honom att hon naturligtvis kunde
bo hos dem i tvårummaren på Bondegatan och att hon
kunde bädda soffan i köket om så skulle behövas. Men
Holger hade bara svarat att det var något de fick ta
ställning till om situationen väl uppstod. Sara skulle ju
bara tillfälligt få lämna sjukhuset över dagen. Men Linet
visste att det inte bara var Morgenstern, den tyske fly-
garen och oron för Sara som höll Holger borta under
nätterna. Det var någon som han träffat den där natten
då han påstod sig ha varit ute i Saltsjöbaden. Vem det
var visste inte Linet, men hon var trött på all väntan
och ovisshet, trött på att livet hela tiden obeslutsamt
dröjde...

Holger hade naturligtvis varit hos Kristina de gång-
na nätterna. När han hals över huvud lämnat hotellet
i Saltsjöbaden var han fast besluten att inte söka upp
henne igen, men redan nästföljande dag, då negerrevyn
Black People var tillbaka med gästspelet på Vasan, hade
han tagit reda på var artisterna bodde. Kristina satt en-
sam på rummet på det lilla hotellet på Gamla Brogatan.
Han hade stuckit åt vaktmästaren i dörren några mynt
och gått direkt upp till henne. Han visste att Jesse inte
kunde vara där, eftersom kvällens föreställning redan
var igång på teatern ett par kvarter därifrån. När hon
öppnade hade hon bara på sig en tunn morgonrock
med en broderad orientalisk drake som slingrade sig
runt hennes kropp. I handen höll hon ett amerikanskt
magasin med en scen på omslaget som föreställde ett

par maskerade banditer som stoppade en posttransport på en enslig ökenväg.

– Nick Carter? undrade Holger roat och nickade mot häftet. Där kan man hitta många nyttigheter.

Hon steg åt sidan utan ett ord och släppte in honom.

– Jesse är inte här, sade hon när hon sjönk ner på sängkanten.

– Jag vet, svarade Holger. Föreställning.

När Holger klädde på sig en knapp timme senare lovade han henne att komma tillbaka nästa kväll. De hade legat tätt intill varandra och lyssnat till trafikljuden från Vasagatan genom det öppna fönstret. Deras kroppar klibbade mot varandra i den varma sensommarkvällen. Hon luktade honung och sammet. Han hade frågat henne vad hon gjort året hon varit borta och hon berättade om den första turnén, om ett par vintermånader i Paris då Jesse hade haft svårt att hitta arbete, men till sist givits en plats i orkesterdiket till en av de svarta revyerna, Black Birds på Ambassadeur.

– Men Jesse längtar hem till Chicago och New York, hade hon sagt. Paris är bra, där ställs inga frågor och ingen förväntar sig några svar. När vi spelade i somras på Metropol i Berlin... Det var vilt och skrämmande, men där hände något som Jesse inte vill vara med om igen... Nej, Paris är bra, men Jesse längtar hem.

Det hördes röster och skratt nere från gatan. Holger tänkte att nu var föreställningen på någon av teatrarna slut.

– Och du? frågade han henne, som sökte han ett löfte från henne. Efter vad längtar du?

Men hon gav honom bara ett blekt leende och strök sin hand över hans kind.

– Jag? sade hon tyst. Jag längtar efter en mindre ensamhet. En ensamhet som inte är större än att ett barn ryms i den.

Pastor Matter hade förstått att revolverns kalla metall var det enda som förmådde ge svalka i den aldrig avtagande sommarhettan. När han gick genom Humlegården, där träden, som vore hösten redan här, i torkan börjat fälla sina löv, kände han vapnet trycka mot magen innanför byxlinningen. Det var som ett svalt famntag. Det var som bar det honom genom folkvimlet, som gav det honom klarhet och kyla. Det gulnade gräset, lövhögarna mellan träden, det flygiga håret på kvinnornas huvuden – allt kunde när som helst fatta eld i värmen och det enda som kunde släcka den var hans klara, kyliga blick. Han hade kunnat se det när han såg på Linnea på församlingsexpeditionen. Hans blick var som ett kylande regn över hennes kropp. Hennes hud drogs samman i små skälvande knottror när hans kalla blick svepte över henne. Han kunde se det och han ville inte tänka på hur gåshuden fick de tunna fjunen på hennes armar att resa sig, hur hennes bröstvårtor styvnade när han såg på henne, hur svalkan sköljde upp över hennes ben...

Han hade följt efter henne ett par dagar, gått gömd från portvalv till portvalv med en anonym rock över kaftanen. Han förstod att han var tvungen att rädda henne, men han visste ännu inte från vad. Bara att han valts ut att bli ett verktyg åt Herren. Allt rörde sig i en pendelrörelse där han tjänade Herren så som vapnet i hans hand tjänade honom och så som han var vapnets tjänare och Herren var hans. Den pendelrörelsen blev allt snabbare och snart skulle det inte gå att skilja mellan vilken vilja som var hans, Herrens och vapnets. Hon gick ett kvarter framför honom och höll han inte sin kalla blick vid henne så skulle hon när som helst fatta eld.

Under hela den gångna veckan hade flygmaskinerna dånat fram över Stockholms hustak då flygvapnet höll sin manöver och tränade luftstrid. Under söndagens uppvisning på Gärdet hade folk strömmat till för att se flygplanen störta mot varandra och piloterna agera som vore de bittra fiender. Sedan Linet och Holger tittat en stund på luftakrobatiken hade de vandrat ner till Nöjesfältet för att se Miss Quency störta sig tjugo meter ner i en liten bassäng med bara en dryg meters vattendjup. Hon gjorde det där hoppet flera gånger om dagen: kastade sig från ofattbar höjd som ett mellanting mellan en dykande fågel och en störtande flygmaskin. Hon störtade ner med en avspänd lätthet som var hon säker på att hon när som helst skulle kunna upphäva fallet och lugnt ta mark. Och så slog hon i vattenytan med en så våldsam vattenkaskad som följd att man var tvungen att fylla på bassängen med nytt vatten mellan varje hopp. De diskuterade ivrigt hur hon undkom

att slå sig fördärvad i fallet – Linet trodde att hon ome-
delbart efter nedslaget i vattnet gjorde en blixtsnabb
kullerbytta som lät vattenmassan famna och fånga hen-
ne – då Holger plötsligt tystnade när ett par kom dem
till mötes.

Linet förstod att negern i mörk kostym och broderad
väst tillhörde revyn som hon läst om besökte staden
och den ljusa flickan i en gul, kapuschongprydd kappa
tyckte hon sig känna igen. Holger stelnade till när de
kom mot varandra. De hälsade knappt, gav varandra
bara en stel nick och passerade förbi. Men Linet visste
vem den ljusa flickan var och en stund senare, när de på
väg mot färjan hejdat sig vid kön till ett stånd som sålde
lemonad, var Holger plötsligt försvunnen från hennes
sida. Hon upptäckte honom en bit därifrån, vid sidan av
flickan med den gula kappan, och när de lämnade var-
andra var han upprörd och sluten. Linet frågade ho-
nom inte, sade ingenting, gick bara vid hans sida och
efter en stund stack hon sin arm under hans och så var
något hon kunde ta för lugn hos dem igen.

När Holger hämtade Sara på Långbro sjukhus på
torsdagen den följande veckan hade han varit hos Kris-
tina de två senaste nätterna. Jesse dök aldrig upp efter
föreställningarna och Kristina höll Holger kvar hos sig,
som visste hon att de skulle få förbli ensamma. Hon låg
länge intill honom i hotellsängen sedan de kommit
nära varandra, som ville hon behålla honom och hans
säd i sin kropp. Han ville fråga henne om vart Jesse
tagit vägen, men vågade inte av rädsla för det svar han

fruktade att hon skulle ge honom: att Jesse var hos en annan och att hon tog Holger till sig bara för att iscensätta en hämnd över att själv vara bedragen. Holger visste att torsdagens föreställning var den sista för negerrevyns gästspel på Vasan och att kompaniet redan till den kommande helgen var bokat för en period på Lisebergsteatern i Göteborg. Han tänkte att om han bara höll sig nära Kristina, om han bara fanns vid hennes sida så mycket han kunde under de här sista dagarna för gästspelet, så skulle kanske Jesse resa vidare och hon stanna kvar. Och samtidigt fanns Jesse där hela tiden. Holger hade till och med börjat använda Jesses smeknamn för henne – Ti. Han hade hört Jesse säga det med en amerikansk accent som fick det att låta som om Jesse band henne till sig. Holger sade hennes smeknamn på rak svenska: som ett tivolis första stavelse, som om tiden kunde hejdas också innan dess namn helt blev uttalat, som om hennes namn bar löftet om att de alltid skulle vara tillsammans...

Sara stod som en skolflicka och väntade på honom när han kom för att hämta henne. Hennes hår var kammat och uppsatt i nacken, men några slingor hade redan lösgjort sig ur uppsättningen och fallit ner över vänstra axeln. Hon log när han kom henne till mötes, och gluggarna där tänder saknades i hennes leende viskade till honom om att mörker läcker in överallt i ljuset, om att allt faller sönder men ändå förblir helt, om att stillhet när som helst rörs upp av storm. Hon stod där som en skolflicka som förväntansfullt hoppas att det förestående sommarlovet ska vara för evigt. Hon kom ihåg att han berättat för henne om flygplan. Hon kunde inte minnas vad han menade med det och vad det hade med fåglarna i dammen att göra. Men den gångna veckan hade verkligen flygplanen funnits där. De hade kommit dånande över himlen gång på gång och i mullret de lämnade bakom sig verkade hela sjukhusparken vilja rämna. Fåglarna hade stigit ur träden och letade sig oroligt ner mot dammen, där vattenytan i hettan dragit sig allt längre ner mot den dyiga bottnen. Flygplanen över himlen och fåglarna i träden, guld och silver, silver och eld...

Det hade börjat brinna i skogen vid norra grindstugan några dagar tidigare och inte förrän ett par brandbilar var på plats hade man lyckats kuva elden. Det gulnade, torra gräset i parken doftade vagt av värme, lindblom och tidlöshet... Det hade kommit brandrök söderifrån också, och man berättade att neråt Haningelandet hade skogen självantänt i hettan och lågorna hade kastat sig fram och tillbaka mellan stammarna som några av kvinnorna inne på den slutna avdelningen, rasande över att inte kunna slita sig loss och rusa in i solens famn.

Nej, där Sara hade stått i sina sjukhuskläder och väntat på Holger hade hon sett ut som en skolflicka som hoppades att sommarlovet aldrig skulle ta slut. Hon höll hans hand när de gick ut till bilen, sedan han lovat dem på avdelningen att om hon inte kom tillbaka till kvällen så skulle han telefonera och meddela sig. När han hjälpte henne upp i bilen skyggade hon lite, men sedan hon tagit en liten sten ur gårdsplanens grusläggning och stoppat den i fickan till sjukhusrocken var hon åter lugn, satte sig intill honom vid förarplatsen och såg på honom som ville hon försäkra honom att hon mindes allt: flygplanen och fåglarna, fåglarna och guldet, guldet och silvret, silvret och elden, elden och...

De hade avtalat med Göring att komma till kapellet vid sextiden och det fanns inte längre mycket tid över. Morgenstern skulle invänta instruktioner från Göring på hotellet. De var alla överens om att det vore fel att ha Morgenstern närvarande, eller ens omnämnd, innan seansen inleddes. När de sedan genom andevärldens försorg blivit informerade om affärstransaktionen, skulle Göring påminna sig erbjudandet som kommit till honom tidigare i veckan och som han då avfärdat. Med Göring hade Morgenstern således utvecklat en föreställning i föreställningen, och eftersom tysken inget förstod av den större iscensättningen kunde han hålla kvar bilden av att själv spela huvudrollen. Morgenstern skulle sedan tillkallas nästa dag, eller möjligen redan samma kväll, och spelet fortsätta mot en lyckosam final.

Hela vägen in till staden försökte Holger hålla Saras tankar på bilder av flygfart och ändlösa rikedomar. Det skulle räcka med att hon nämnde något om dem för damerna i seansrummet för att han själv skulle kunna ta vid och föra utvecklingen vidare till andepapperen han förberett och de egna syner han inrepeterat. Men han visste inte hur mycket Sara tog in av vad han sade henne.

Hon tryckte sig gång på gång intill honom när mötande trafik kom mot dem, skrämd för att varje möte var en förestående kollision. När Holger märkte hennes oro tog han av från stora vägen och letade sig längs småvägar in mot staden. Då blev hon lugnare, även om hon skrek till som en uppjagad fågel då de passerade en gräsbrand på ett fält vid Tanto. För att inte oroa henne såg han till att inte passera begravningsbyrån i Götgatsbacken där hon arbetat många år tidigare. Men stadsvimlet, som förändrats så både till karaktär och i intensitet under de år hon suttit på Konradsberg och Långbro, verkade inte skrämma henne. Hon såg bara lika förundrat på det som hon betraktade fåglarna i sjukhusparkens träd eller de andra patienterna som rörde sig som skuggor längs sjukhussalarnas väggar.

Men alla omvägar hade tagit tid och nu var det plötsligt bråttom till kapellet på Grev Turegatan. Det var inte förrän de nått till Tegelbacken som han såg henne i hennes sjukhuskläder och insåg att han var tvungen att hitta något annat att klä henne i innan de mötte damerna i sällskapet som bar namn efter en vit alpblomma. På Vasagatan passerade han en klädbutik för damer, men stannade inte då han insåg att han varken visste vad han skulle köpa henne eller ägde pengar nog för att betala det. Så skrattade han till och svängde upp Gamla Brogatan och stannade utanför hotellet där han vilat vid Tis sida de senaste nätterna. Den ensamme vaktmästaren i receptionen kände genast igen honom och lät honom springa trapporna upp till Tis rum på översta våningen. När hon öppnade hade hon på sig samma morgonrock med drakmönster som han sett henne i de senaste kvällarna.

– Nej, den duger inte, skrattade han när hon frågande såg på honom. Har du inget annat? Du måste låna min mor något att ta på sig...

På en stol just innanför dörren låg hennes gula kappa och han lutade sig in genom dörröppningen och tog den. Ti hade ännu inte sagt något, bara sett på honom, på hans upprymdhet och förväntansfulla glädje. Hon ville inte ta den ifrån honom, men när han sträckte sig upp och såg över hennes axel in i rummet föll all uppsluppenhet ur hans ansikte och han blev stående i korridoren kippande efter andan, stirrande framför sig som var han oförmögen att röra sig. Jesse var där, iförd en likadan broderad morgonrock som den Ti hade. Jesse log mot Holger och såg på honom med sitt enda seende öga.

– Hi there, my boy, sade Jesse och tog med ett kort, ljust skratt ett steg mot honom.

Men Ti bara stängde rumsdörren och lämnade Holger ensam ute i hotellkorridoren. Det sista Holger såg i rummet var hur morgonrocken gled isär och blottade Jesses nakna kropp. Han blev stående en lång stund vid hotellrumsdörren med den gula kappan i sina händer och lyssnade till Tis och Jesses skratt där inifrån, innan han löste sig ur sin egen förstening och gick trapporna tillbaka ner genom hotellet.

Sara hade trots att Holger sagt åt henne att stanna i

bilen efter en stund följt honom in i hotellet. Han fann henne hopkrupen i ett hörn av den trånga vestibulen med hotellvaktmästaren lutad över sig. Mannen skrek åt henne att återvända ut på gatan om hon inte ville att han skulle tillkalla polis, men tystnade när Holger knuffade honom åt sidan. Holger svepte Tis gula kappa om Sara och förde henne vid sin sida till bilen utanför på gatan. Folkvimlet gjorde henne trygg igen, men han höll lugnande sin arm om henne när han körde upp mot Hötorget och Kungsgatan vidare ner mot Sture-plan.

Linet hade på eftermiddagen utan framgång varit på teatrarna runt Vasagatan för att höra sig för om det fanns några statistroller lediga. På Oscars hade hon frå-gat efter direktör Ranft, utan att veta att Gösta Ekman tillsammans med John och Pauline Brunius just tagit över verksamheten. När hon fick se Ekman i vita linne-byxor och en uppknäppt ljusblå sidenskjorta komma ut ur ett kontorsrum, stammade hon bara något och läm-nade teatern utan att vända sig om. Ute på gatan fick hon plötsligt se Holgers droska komma uppför Vasa-gatan. Hon försökte vinka till honom, men kanske såg han henne inte eller så hade han en passagerare med sig bakom de dammiga vindrutorna.

Bilen svängde in och stannade på Gamla Brogatan, där Holger steg ur och försvann in på ett hotell. Den täta trafiken på Vasagatan skymde gång på gång dros-kan för henne och hon gick över till motsatta trottoa-ren och ställde sig vid gathörnet för att vänta på att

Holger skulle komma ut från hotellet. Hon skämdes över att smyga på honom som en tjuv och hoppades att få se honom överlastad med bagage följa en kund till droskan. Men när han kom ut från hotellet var det med en kvinna vid sin sida. Linet kunde inte se kvinnans ansikte eftersom hennes huvud var dolt i kappans kapuschong. Men Holger höll sin arm om henne och den gula kappan kände hon igen från flickan på nöjesfältet några dagar tidigare. När han placerat henne intill sig i framsätet på droskan och svängde upp mot Hötorget, såg hon hur han tryckte henne intill sig.

Hon hejdade en ledig droska på gatan och bad den följa efter Holgers. Chauffören hade snart känt igen Holgers bil ett knappt kvarter längre fram. Hon var tvungen att berätta att hon planerade en överraskning för Holger och karln bakom ratten bara skrattade och sade att han gladde sig att hjälpa några unga förälskade och undrade om de inte skulle gifta sig snart. Ett tag var de nära att förlora Holgers droska ur sikte på tvärgatorna upp från Humlegården, men så fick de syn på den utanför ett lågt hus på Grev Turegatan. Holger och kvinnan i den gula kappan var just på väg in genom porten när Linets bil stannade nere vid gathörnet. Droskföraren vägrade att ta betalt och sade bara att hon skulle hälsa Holger. Hon dröjde en lång stund i en port på andra sidan gatan innan hon gick fram till huset som Holger och den okända försvunnit in i. Kanske kunde hon i portgången hitta namnet på den Holger besökte. Genom fönstren kunde hon se sidengardiner och kristallkronor där inne och i portvalvet under trappornas bruna brädverk tyckte hon att rikedom riktigt doftade.

Hon hade kommit ända in till glasdörrarna mot den bakre gården när en dörr öppnades i trapphuset och en mängd röster och steg började röra sig ner mot henne. Hon smög ut på bakgården, men fann ingen annanstans att gömma sig än i det lilla kapellet med sitt lilla klocktorn intill en putsad mur. Hon hade just kommit in i kapellets förstuga när hon insåg att rösterna och stegen var på väg ut på gården, och hon smög allt djupare in i det tomma bönerummet. Det hördes steg och en undrande röst som ropade från övervåningen. På golvet i det större bönerummet var en grupp stolar ställda i en vid ring. Det inre altarrummets dunkel upplystes av tända ljus och när rösterna närmade sig kapellets förstuga hade Linet smugit in bakom ett draperi vid ett fönster intill altaret. Där hängde en kedja som hon var orolig skulle avslöja henne genom sina länkars rassel och för att den inte skulle hänga fritt virade hon den runt sin arm. Där stod hon och lyssnade till hur kapellet sakta fylldes med andaktsfullt dämpade röster och försiktiga steg, medan hon själv försökte kväva sin andhämtning så att den inte röjde hennes gömställe.

Damerna som bjudit upp dem i en salong på första våningen i huset hade i all sin vördnadsfulla undergivenhet fått Sara att stråla av förtjusning. Men det som bländade henne var inte sidentapeterna, kandelabrarna och den övriga ståten, utan förvissningen att hon till sist kommit till fåglarnas slott. Alla kring henne var fåglar och djur förklädda i människogestalt. Kvinnan med korsett under spetsklänningen, pärlhalsband hängande ner över bröstet och en monokel instucken framför ena ögat var en nattseende uggla som kisade mot vad som var kvar av dagens ljus. Den tunna damen i en mörk kappklänning knäppt högt upp i halsen och håret bakåtstruket över den smala skallen var en stare som skrämts till tystnad av en vråks cirklande rörelser. Och den fete mannen i vit linnekostym och blankt, oljigt ansikte var en påfågel i vildsvinsdräkt, på en gång uppburrad som inför en parningsdans och frustande som en otillfredsställd galt som bökade sig fram i skogen. Kvinnan vid hans sida, blek och matt av värmen, var en ringduva som sökte skugga i ett lövverk som sommarsolen gallrade förbrända löv ur med sina brännande strålar. Hon hade kommit till fåglarnas slott och nu ledde Holger henne ner genom trapphuset, ut på gården och in i fåglarnas kapell.

Där blev de satta på stolar utmed väggarna som hönorna i hennes morfars hönshus och damerna rörde sig också just som höns, nickade med huvudena fram och åter, burrade fjäderdräkten med sina näbbar och slog vagt med vingarna i kunskap om att de aldrig skulle kunna använda dem till att flyga. Eller så var det ett duvslag de satt i och det var för fåglarna här på pinnarna längs med väggarna som Holger ville att hon skulle säga något om flygplanen som korsat himlen under den föregående veckan och sedan skulle hon tala om guld och silver, silver och eld, eld och...

Fåglarna i rummet, Holger i sin chaufförsjacka och på-
fågeln utklädd till vildsvinsgalt i linnekostym – de fattade
alla varandras händer och bildade en vid ring runt henne.
Några av fåglarna satt med slutna ögon, andra stirrade
förväntansfullt på henne. Ljusen längs väggarna fladdra-
de lätt som hade någon öppnat dörren och det skymde
utanför: sakta målade kvällen in sig i kapellets alla hörn
med sin färg av sammet och skugga. Sara visste att en få-
gel stod gömd bakom ett tygstycke i det inre lilla rum-
met. Hon kunde höra andetagen och hjärtslagen, blodets
små rännilar genom vener och kärl, andetagens vingpar
som lyfte och sjönk... Och utanför kapellet strök en an-
nan fågel, svart som en korp, både het och kall, tyst och
galen... Holger nickade till henne att hon skulle börja be-
rätta och hon öppnade sin mun och förtäljde med en ands
kväkande läte allt hon visste om flygmaskiner och fåglar,
fåglar och guld, guld och silver, silver och eld, eld och...
    Holger hörde Saras otydbara läten, de dämpade
kvackningarna som från en and som förbereder sitt
rede för natten. Kvinnorna i rummet lyssnade koncen-
trerat på henne, övertygade om att de obegripliga läte-
na snart skulle förvandlas till tydbart språk. Det var
bara Göring som otåligt vred på sig och kastade blickar
mot honom som ville han att Holger skulle ingripa och
tolka sin mors otydbara strupljud. Holger släppte han-
den till kvinnan vid sin sida och började treva efter den
tunna portföljen med de maskinskrivna arken fyllda av
visionära beskrivningar av flygfartens framtid och de
rikedomar som kom i svall i dess kölvatten.

Men han förmådde ingenting. Vad som hände i kapellet tycktes ske på avstånd för honom. För sig såg han bara Ti i dörröppningen till hotellrummet, hennes på en gång oroligt överraskade och upprymt muntra blick då hon fick se honom. Den tunna morgonrocken över hennes smala axlar och så Jesse som trädde fram bakom henne. Jesse med sitt blixtrande tillmötesgående leende och det enda seende ögat, Jesse med det bleka, blinda ögat stirrande in i skuggorna bakom Holger, Jesse med de långa fingrarna som lekte med halskedjan runt nacken. Och så den broderade morgonrocken, precis lik Tis, som gled isär och blottade Jesses nakna kropp: bröstens kaffefärgade kullar med kolsvarta vårtor och under den platta magen könets mörkt krusiga trekant. En kvinnas kropp där ett skratt väntade i de smala benens rörelser, i armarnas vilande spann vid de mjuka höfterna, i den smala halsens klara båge, obruten av något adamsäpple, upp mot hakans släta valv.

Han satt med Jesses nakna kropp för ögonen och fingrade bland papperen i portföljen, medan Hermann Göring allt mer otåligt stirrade på honom för att få honom att säga något. Men Holger stammade bara stumt och förmådde inte få ur sig ett ord och det gjorde inte heller något, för i samma ögonblick steg pastor Matter in i kapellet med en laddad revolver i sin högra hand.

Matter hade med sin blick räddat Linnea från att fatta eld i flera dagar nu. Han hade klätt sig i en grå grötrock som han visste att hon inte kände igen och där han gick bakom henne växte för var dag känslan hos honom att han var osynlig. Ibland kunde han vara så nära henne, på en spårvagn eller i gatuvimlet, att han bara hade behövt ta några steg för att röra vid henne. Men ofta höll han avstånd till henne, några gånger vågade han sig nästan två kvarter ifrån henne. Han förlorade henne ändå aldrig ur sikte. Han kunde inte tänka någon annan tanke än att det var Herren som vägledde honom. Det var Herren som gjorde honom osynlig och det var Herren som banade hans väg. När hon kommit ut från teatern på Vasagatan och satt sig i en ledig droska, hade Herren givit honom en cykel där vid trottoaren. Så hade han kunnat följa henne genom trafiken, Kungsgatan ner och upp på Östermalm. När han ställde ifrån sig cykeln på Linnégatan tog Herren den tillbaka till sig.

Linnea hade stått i en portgång på Grev Turegatan och han kunde se hur nära elden var henne nu. Lågorna svepte runt henne och svedde henne och bara hans blick kunde släcka dem. Överallt runt honom slog flammor upp från helvetet och spelade över husväggar och runt lyktstolpar. Hettan fick svetten att drypa om honom och han kände sig yr och medtagen. Men hans blick släckte allt. Så fort hans blick föll där han visste att en låga flammat upp släcktes den och slöts av underjorden. När Linnea gick upp mot det låga huset på andra sidan gatan slog små flammor upp i hennes fotspår, som sökte sig en stig av eld in i huset. Han väntade länge sedan lågorna falnat, men till sist var han tvungen att följa efter henne dit in. Ingen annan än Herren kunde ha visat honom till det lilla kapellet på gården. Med en hand om revolverns kalla kolv innanför rocken gick han utmed kapellets korta fönsterrad och såg in på människorna där inne som satt i ring och höll varandras händer som i någon gammal hednisk ritual.

Han kände igen den Linnea sagt var hennes bror, men Linnea själv upptäckte han inte förrän han nått till det sista fönstret. Där stod hon fjättrad med en kedja runt sina armar gömd bakom ett skynke. Vilken satanisk offerrit som väntade henne och hur kapellets tysta rum var tänkt att vanhelgas hann han knappt ens tänka sig. Han drog bara fram revolvern, det kalla vapnet laddat med kyla och tystnad, och rusade fram till kapellets port. Herren vägledde honom, tystnaden samlade sig äntligen runt honom, kylan svalkade hans kropp. De såg alla på honom där han stod i dörröppningen med sin lyfta revolver: de välklädda damerna öppnade sina drömmande ögon, den unge mannen i chaufförsjackan som utan att få fram ett ljud försökte läsa ur några papper stelnade i sina rörelser, den åldrade kvinnan i gul kappa som lät som en kväkande sjöfågel tystnade och den fete mannen i vit linnekostym reste sig halvt ur sin stol...

Sara såg hur de andra fåglarna förvandlades till oigenkännlighet när den gråsvarta korpen steg in i bönerummet. Fågeln i dörröppningen hade ett djupt hål i sitt ansikte och höll sin mörka näbb hotfullt i handen. Ugglan, staren, ringduvan... de fick alla fjädrar av matt stål. Fjäderdräkterna slöt sig kring dem som rustningar. Påfågeln blev inspärrad i sin vildgaltsförklädnad, kastade sig upp med en häftighet som fick knapparna i den vita linnekavajen att brista och stötte med ett kort slag näbben ur korpens hand. Ur skuggorna i kapellets inre rum steg till sist den gömda fågeln fram. Det var en lövsångare som tystats av tumultet. Sara kände igen lövsångarens ögon som Linets, men hur de hamnat i en stum fågel kunde hon inte förstå.

När Holger fick se lövsångaren som skrämd och snyftande steg fram ur skuggorna sjönk han bara samman i sin stol. Överallt runt honom var gestalter i fjäderdräkt, men han satt där i sin pojkjacka och försökte gömma sig för världen, tryckande som en unge i redet. Nu växte näbbarna på alla fåglarna i rummet. En av dem, som hon tidigare tagit för en sothöna, fick plötsligt en pilgrimsfalks spräckliga fjäderprakt och väste genom den krökta näbben. Ugglan slog med vingarna och lät blicken vandra som ett sökarljus genom rummet, plötsligt förmögen att se klart i skymningsdunklet. Staren sträckte sitt vingpar i en ormvråks skepnad och ringduvan skrek till i sparvhökens läte. Hon var en and i ett duvslag fyllt av rovfåglar. Ändå märkte ingen när hon strök längs väggen och smög mot dörren. Alla såg på vildsvinsgalten som brottades med den näbblösa korpen på golvet. Men så fick en falk syn på Holger som tryckte som ungen i redet och en hök såg lystet på lövsångaren i öppningen mot altaret. Hon skrek till för att locka deras blickar från de lättfångade bytena. Och medan de såg på henne förstod hon att i dem dolde sig hungriga djur: räv, utter, flodiller, hermelin...

Hon försökte tänka på vad Holger en gång läst för henne om hur anden undkommer rovfåglars anfall. Stiga och sedan svepa fram och tillbaka över vattenytan så att ingen jägare förmår fånga henne i flykten. De såg alla på henne med sina jagande ögon, men ingen hindrade henne då hon flydde ut på gården. På gatan väntade andra djur, vattensork och glada, och först när hon vek runt hörnet såg hon räddningen. Hon flydde från fåglarnas slott till frälsningens och när hon sprang in genom porten till det stora tegelhuset hörde hon musiken som lyfte henne till räddning. *Frälsningsarmén* hade hon läst på slottets fasad och nu lyfte den armen henne till frälsning. Från en stor sal hördes tusentals röster sjunga och buren av musiken och frälsningens arm steg hon allt högre upp genom huset: genom trapphus efter trapphus, på stegar och över hustak...

När Holger upptäckte henne stod hon redan högst upp på det branta taket långt över gatan och höll sig i en flaggstång. Det var först när Göring lyckats vända Matter på magen och bakbinda hans armar med ett gardinband som Holger upptäckt att Sara inte längre var kvar i kapellet. På Östermalmsgatan stod redan en liten hop människor och tittade på den galna kvinna som balanserade på taknocken högt där uppe. Holger rusade in i huset och vidare trapporna allt högre upp. Men när han till sist nådde taket var hon inte längre där. Han tänkte att hon störtat ner mot gatan och nu låg slagen till splitter mot stenläggningen. Men han ville inte titta över kanten. Han ville lägga sig och somna och drömma att allt var som det ändå kunnat vara.

Några mörka moln hade tornat upp över skymnings-
himlen och han ville se det som att Sara just likt en and
insett att hösten till sist svängt sitt trollspö över land-
skapet och att hon bara öppnat sina vingar och lyft för
att förena sig med ett jagande fågelsträck högt där
uppe. I en plötslig åskknall drog molnen sitt mörka
täcke över staden och ett efterlängtat regn började falla
för att svalka ett sönderbränt och feberrusigt Stock-
holm. Kroppen som Holger tänkte sig låg där nere på
gatan skulle regnet tvätta ren från allt blod och all för-
virring.

Han sjönk ner mot den ännu solheta takplåten som
molnridån snart kylde med sin kalla arsenal av regn.
Det häftiga skyfallet tvättade också Holger ren och när
någon till sist sökte sig upp på taket för att hjälpa ho-
nom ner var han blek som en vålnad, med kläder dry-
pande av vatten och håret i stripor över ansiktet. Men
han tänkte att Sara nu stigit långt över molnen och flög
med de andra änderna rakt in i den sjunkande solens
rödglödgade skiva.

VIII

NEJ, INTE DOG Sara genom att störta sig ner mot Östermalmsgatans stenläggning. Hon hade snubblat till och hasat längs det branta taket på andra sidan nocken och där hade hon blivit liggande intill grannhusets brandgavel, just som en ruvande fågel i sitt rede. Dog gjorde hon tre år senare, återförd till Långbro, i en lunginflammation sedan hon blivit svårt nedkyld när någon glömt att hjälpa in henne från parken en sen höstdag. Hon blev liggande med korta, rosslande andetag i sin säng och så upphörde bara hennes tunna bröstkorg att häva sig och hennes hjärta att slå. Hennes samtid visste att världen inte tar slut med en skräll, utan i en snyftning. Så tar också människors liv slut: egentligen utan gester och i all sin oundkomlighet trots allt som av nyck och tillfällighet.

Efter det stora kriget hade freden kommit och det var en fred som var tänkt att bli den sista, evigt utsträckt så långt in i framtiden att den likt en väg i öknen upplöses långt före horisontens rand och blir ett med landskapet. Inte heller så blev det, men varför redan nu väcka aktörerna på scenen ur deras slummer? Alla dagar, i fred som under krig, bär sorg och prövning, glädje och förtröstan. Det finns sällan anledning att oroa sig för annat i livet än det som för tillfället står för handen. Under åskovädret där uppe på Frälsningsarméborgens tak bleknade Holgers hår och var efter några veckor helt vitt. Så förblev det tills han många decennier senare gick in bland de dödas skara. Då hade glömskan sedan länge famnat honom, men det är en annan historia. Glömskan famnar oss alla, de flesta genom att döden rycker oss in i sitt mörker, andra innan livet ens slutit sin cirkel.

Inte heller de som historien i sitt menageri av skugggestalter tror sig minnas är annat än diktade rollfigurer vars doft och nyckfullhet berövats oss. I *Brottets krönika* står under annat namn att läsa om Morgenstern att han var en av de djärvaste bedragare som varit verksamma i Sverige, men i den iscensättning för vilken han till sist greps och fängslades spelade han trots allt en biroll. Historien minns inte bättre än vi andra, den iscensätter och hittar på för att bringa något slags ordning i vad den varit med om. Var och varannan historiebok har något att berätta om Hermann Göring. Att gå vidare med att finna hoppfulla finansiärer till ett uppdiktat flygfartskonsortium var det ingen som ens tänkte på sedan Linet trätt fram bakom draperiet i Edelweissförbundets lilla kapell på Grev Turegatan, pastor Matter

avväpnats och nedbrottats av Hermann Göring på ka-
pellets golv och Sara Ekeland som en ängel stått uppe
på taket till Frälsningsarméns hus. Man nämnde inte
saken längre och några år senare mattades Edelweiss-
förbundets spiritistiska inriktning av för en mer ren-
odlat kristen. Göring försökte visserligen under ett par
dagar få tag i Morgenstern i hopp om att fortfarande
finna ett sätt att få en framskjuten position inom flyg-
fartskonsortiet.

Ingen kan säga att Hermann Göring hade någon
utpräglad känsla för när han befann sig i situationer
som egentligen inte bars av annat än den fördrömda
fiktionens verklighetsflykt. En handfull år senare var
han i en sådan position att han själv kunde formge sina
uniformer i ett maner som fick Berlinoperans prima-
donneutstyrslar att blekna. Vem vill påstå att det var
något som hade med en rimlig verklighetsprövning
att göra? Ingen samtid är väl egentligen nödvändig
eller ofrånkomlig, oftast är det bara slumpen och till-
fälligheterna som föser oss framför sig. När Hermann
Göring vid nazisternas maktövertagande som riks-
dagspresident från talmansstolen satt med en fältkika-
re och vakade över hur ledamöterna röstade och upp-
förde sig, var hans dyrkade svenska hustru död och
hennes familj hade börjat se på honom med något
större fördragsamhet. Dagen efter hennes död åter-
vände han med flyg från Berlin till kapellet på Grev
Turegatan och låg otröstligt snyftande intill den öpp-
na kistan med hennes kropp, i vilken hjärtat till sist

slagit sig sönder och samman. Men också det är, som man brukar säga, en annan historia.

Pastor Matter hamnade inte långt från Sara, på Stora Manns på Långbro. Hon såg honom en gång i parken och kände genast igen honom. Hon kunde bara konstatera att korpen inte hade återfunnit sin näbb, då han ännu gick med ett gapande hål i sitt ansikte. Han levde på Långbro några år längre än Sara, men förolyckades då en byggnadsställning rasade samman över honom en blåsig höstkväll. Hur han kommit ut från avdelningen och vad han hade med ett rep i famnen att göra var det ingen som kunde förklara. Men för de flesta stod det nog klart att hade inte olyckan löst honom från jordelivet, så hade han förmodligen själv framtvingat att hans livs ekvation gick ut på ett liknande sätt. Döden slår nyckfullt och fumligt kring sig, men hittar förr eller senare rätt till sist.

Också Ragnar Harling dog för ett par år sedan. Han blev etthundratre år gammal och nådde inte ända fram till sin föresats att leva under tre sekel. Vid ett Göteborgsbesök passerade jag hans hus på Geijersgatan och såg att hans namn inte längre fanns på tavlan i trappuppgången. I Lindqvists antikvariat intill porten kunde man berätta att Ragnar Harling gått bort samma sommar. Han hade då bott i över sjuttio år i samma hus. Några månader senare kunde jag gå till posten för att hämta ett stort paket. Det innehöll en tjock bunt maskinskrivna papper, med text som till en början tedde sig fullständigt obegriplig för mig. Jag mindes att Harling, då jag besökte honom ett par år tidigare, hade nämnt något om att det hos honom fanns manuskript som egentligen tillhörde min farfar. Den tjocka manuspacken framför mig var fylld med surrealistiskt färgade apokalyptiska visioner skrivna i vad som liknade automatisk skrift. Jag kunde inte tänka mig att det skulle ha nått farfar på annat sätt än i hans roll som redaktör, men hur det sedan hamnat hos Ragnar Harling förstod jag inte. Inte förrän jag en bra bit ner i manusbunten hittade en handfull blå skrivböcker av den sort som i decennier använts i den svenska folkskolan förstod jag vad jag fått i min hand.

På den översta skrivbokens etikett stod *Körjournal 1924–1926* och där under i en lite slängigare skrivstil *H. Ekeland*. På de underliggande böckerna fortsatte dateringen fram till 1931. De maskinskrivna arken förstod jag snart var Saras rapporter från de dödas värld som Holger sparat på i alla år. Senare har jag fått veta hur de hamnade hos Ragnar Harling och någon gång ska kanske även det vara värt en berättelse. Arken var fullskrivna med text i ett enda flöde från vänstermarginal till högermarginal. Vad som fabricerats av Sönderhjelm, Saras agent och domptör i andeskådarfacket, gick här och var att misstänka, då dessa partier innehöll mycket exakta instruktioner, ofta med det uttalade målet att gynna en storvuxen man i hatt och slängkappa. Några av de blad som Holger konstruerat inför seansen i Edelweissförbundets kapell fanns förda till allt det andra.

I körjournalerna var varje resa noga nedtecknad och bokförd, både vad gäller vägsträcka, tidpunkt och betalning. I övrigt var bara några få kommenterande anteckningar fogade till bokföringsuppgifterna. Linets namn stod inskrivet vid några poster och på ett par andra ställen följde anteckningar vars betydelser var mycket svåra att tyda. Resan till Saltsjöbaden i augusti står uppsatt som obetald, men i det fallet vet vi att det snarare var chauffören som smet från sitt ansvar än kunden. Under de följande åren finns bara någon enstaka kommentar intill de bokförda köruppgifterna. Arbetet tycks allt mer sorgfälligt skött i långa pass under regelbundna tider.

Det är inte förrän på senhösten 1931 som notiserna i den sista boken plötsligt upphör. Den sista skrivbokens sista anteckning förefaller dramatisk. Chauffören har börjat föra in en bokförd post, men plötsligt avbrutit sig som hade pennan bara glidit ur hans hand. Där under står en kort kommentar, förmodligen införd vid ett senare tillfälle, eftersom den är inskriven med en annan penna och i så liten stil att man får intrycket av att orden vill tränga in i papperet och fly bort från läsaren. Några rader bara och så upphör texten:

Det slutar med ett regn. Det är all tid som rinner i väg. Var vi inte en gång lovade oändligt med tid? Sade man oss inte att vi hade all tid i världen. Nu har världen krympt och slutar med ett regn. Det regnar så att gatorna inte förmår ta hela ovädret till sig. Vatten över allt. Regnet och de tysta planeterna i mörkret där uppe.

Historien framstår ofta som en förförare som lovar oss en bättre framtid, men som likt en fullständigt osentimental och cynisk älskare överger oss och får oss att känna oss utnyttjade och bedragna. Trots minnet av euforin då vi föreföll vara helt upptagna och burna i dess famn, lämnar oss historien med känslan att det var bättre innan den grep oss i sitt våld. Var ny dags hoppfulla löfte föser också undan de gångna dagarnas svikna. Vi lovade oss själva en bättre värld, en mer rättvis gemenskap, ett genomstrålat liv. Men till sist finner vi att vi blev lämnade ensamma.

Linet och Holger gav aldrig varandra några löften. Sedan Morgenstern lämnat Stockholm ägnade Holger inte sina dagar åt annat än att köra droskan i allt mer utdragna arbetspass. Han hade svårt att tåla att stå stilla med bilen och vänta på kunder vid taxistationerna, utan lät droskan rulla fram gata upp och gata ner, rastlöst sökande. Överallt förändrades staden. Det nya Konserthuset var som en ljusblå dröm som slagit sig ner mellan kåkarna, marknadsstånden och saluhallen vid Hötorget. Vid Sveavägen stod stora lånesalens upphöjda cirkel inskriven i Stadsbibliotekets kvadrat och vid Kungsgatan reste sig Kungstornen högt över de intilliggande husen. Överallt blev staden större och högre, skuggorna sträckte sig allt längre över gatorna och i dem blev ljuset bjärt och färglagt i neonskyltarnas afatiskt envisa upprepningar av samma fras.

Nej, inga löften. Bara ett liv tillsammans. Pastor Hammarståhl talade med Linet några gånger om Matter, men alltid bara för att fråga om hans yngre kollega på något sätt hade förgripit sig på henne. Hon försäkrade att hon inte kommit till skada och att allt till sist bara mynnat ut i pastor Matters egen olycka. Vad som skett i kapellet på Grev Turegatan hade ingen velat prata om och det enda de visste i församlingen var att Matter förföljt Linet och försökt ofreda henne. Det var något som få förvånades över. De hade alla märkt hur Matter förändrats den heta sommaren och hur förvirringen allt mer fått sitt grepp om honom.

Ett drygt år senare förändrades också arbetet på församlingsexpeditionen. Pastor Hammarståhl blev förflyttad till en ny församling i Enköping och några månader senare lämnade även Linet sitt arbete. Med Hammarståhls vitsord fick hon anställning i kassan på ett tidskriftsförlag. Då hade hon först en kort tid ännu en gång stått framför kamerorna ute i Filmstaden. Men det blev inte mycket av det heller, någon kort entré som piga eller barflicka, snart skymd bakom huvudrollsinnehavarna och begravd i den handling hennes roll aldrig var ämnad att föra vidare, utan bara ge en smula rörelse och utfyllnad.

Hon hade varit med Holger för att se *Konstgjorda Svensson* några dagar efter premiären på Skandia, men där fick de aldrig ens syn på henne. Dessutom skrämde henne talfilmen och allt den krävde av aktörer och aktriser. Så hon släppte det helt enkelt, gav inte upp men släppte det. Hon var nöjd med arbetet i förlagskassan och på kvällarna kom Holger och hämtade henne, precis som vore han verkligen den äkta man hon numera brukade presentera honom som. Men inga löften, inga löften. Då Sara dog hade han sagt:

– Nu finns jag inte.

Ibland kunde hon tänka att det var sant. Han fanns inte. Inte i kyrkböcker och mantalslängder, de sista åren knappt ens utanför det dagliga liv de delade med varandra. Hans vän Sylle hade rest med sin fästmö till Sovjetunionen för att, som de sade, bygga det socialistiska experimentet. Med Sylle borta återstod ingen annan än Linet med vilken Holger delade det förflutna. Från Sylle kom några brev, först upprymt entusiastiska och sedan allt mer oroade och fyllda av hemlängtan. Holger hade sagt Linet att de nog snart skulle se Sylle hemma igen, men plötsligt upphörde breven och bara frågorna blev kvar. Åkaren som Holger börjat köra för hade han inte mer kontakt med än vad som var nödvändigt. Sitt förarbevis hade han själv berättat att slumpen kastat i hans famn när en annan åkare, som också var körkortsinstruktör, efter kriget saknade körkunniga chaufförer.

Slumpen som med sin nyckfullhet stakade ut den tillfälliga kursen för dagen. Så hade Linet känt att allt hade varit de senaste åren – slumpen föste dem fram och åter framför sig tills något eller någon plötsligt grep rodret och bestämde färdriktning. Inget tycktes kunna lösgöra dem från slumpen. Holger trodde kanske att de där tunna cigarretterna vars söta rök han då och då drog i sig kunde befria honom från slumpens herravälde. Då blev hans blick mild och lite vattnig och något slags ro famnade honom trots allt. Men det var lika snabbt övergående som allt annat. Musiken kunde också fortfarande ha den effekten på honom. En rad orkestrar hade varit på besök under den stora utställningen. Men ibland kunde Linet tänka att det var som om också musiken hörde till det som skrämde honom numera. För en stund kunde han tala om den med ljus eufori, men så tystnade han som hade han rört vid något hotfullt och skrämmande. Och så kastade slumpen dem, som alla andra, fram och åter igen.

På hennes arbete utlöste slumpens oberäknelighet alltid att någon började prata om styrka, tydlighet och framtidshopp och då visste hon att snart skulle Mussolinis namn nämnas och alla i sällskapet tyst nicka ett bifall. Holger skrattade bara åt det hon berättade, precis som han hade gjort då Sylle och Jenny efter Lenins död började träta om Stalin och Trotskij. Alla sådana diskussioner brukade sluta med att Holger gav upp ett gapskratt och föreslog att de skulle ägna sig åt andra lekar. Sådant hade kunnat göra Sylle rasande, men Holger brukade bara klappa honom på axeln och mena att Sylle borde tänka på att fallandesjukan tog tillfället då upphetsningen gav fältet fritt.

Nej, det var slumpen som drev dem framför sig, slumpen och ett slags mållös förhoppning om att framtiden rymde omistliga svar bara för att den var framtid och omistlig. Hade inte slumpen förfogat som den ville över tiden så hade säkert ett barn redan funnits hos

dem. Några gånger hade hon trott att ett nytt liv fått
fäste i henne. Hon hade känt ett vagt illamående och en
hetta i kroppen som sade henne att livet öppnat sina
kronblad i henne. Det var som en doft i hennes kropp,
buren av en svag vind genom ett plötsligt vårregn. Men
den stunden av växande blev aldrig annat än just så kort
och tillfällig som vårregnet. Plötsligt drog tiden rast-
löst vidare, kronbladen torkade samman runt den torra
stjälken av en växt som redan blommat över.

De hade aldrig riktigt pratat om det, men kanske
kunde Linet ändå säga sig att de hade försökt att få ett
barn tillsammans. När de först kommit nära varandra
hade hon tänkt på sin mors prat om att hon skulle se till
att skydda sig, men det var snart bortglömt. Livet hade
sin chans hela tiden, livet tog den bara aldrig. Det var
som med Holger: dagarna radades upp efter varandra,
en och en, aldrig fogade samman ens som ett band av
glaspärlor i ett marknadsstånd. Och till sist hade hon
blivit trött. På senvåren hade fem människor skjutits
ihjäl under en demonstration i Ådalen och överallt gick
människor utan arbete. Någon gång hade hon hört
Holger säga att snart skulle ingen ha råd att åka taxi.
Hans arbetspass blev bara längre. Han sade att hur ti-
derna än är så finns det alltid de som har pengar. Han
väntade utanför nöjeslokalerna och teatrarna tills sta-
den tystnade.

Och det var också utanför en dansrestaurang som
hon fann hans bil stående en eftermiddag i september.
Till sist hade livet verkligen fått fäste i henne. När hon

inte blödde tidigare under månaden tänkte hon att livet bara snubblat till och snart skulle fortsätta som förr. Men hettan och illamåendet höll sig kvar, den öppnade blommans lätta doft blev tät och tung. Hon hade varit hos en läkare på Upplandsgatan på dagen och han hade närmast föst ut henne med orden att hon befann sig i ett tillstånd som var det naturliga för varje kvinna och inte för någon läkare i världen att avhjälpa. När hon en stund senare satt på ett kafé vid Tegnérlunden kände hon det som att slumpen till sist givit upp. Hon var på en gång rastlös och fullständigt lugn. Hon gick långsamt ner genom staden och allt tycktes vika åt sidan för att ge plats åt henne: ansikten, röster, cyklar, bilhorn, spårvagnar och kärror... På Drottninggatan stötte hon ihop med en chaufför från Holgers åkeri som berättade att Holger en stund tidigare tagit ifrån honom en körning till gamla Sphinx där de stått och väntat utanför Hotell Kung Karl.

Holger hade varit parkerad som den sista i den korta raden av droskor som väntade utanför hotellet. Naturligtvis hade han genast känt igen Ti, trots att den mossgröna klänningen som skimrade av guldbrodyr fick henne att verka längre och smalare, mer självsäker och världsvan, trots håret som var uppsatt med ett spänne i nacken under en fånig liten hatt, trots den slitna trötteten runt hennes mun och de mörka skuggorna under hennes ögon. Hon hade varit på väg in i en annan bil när hon fick syn på honom och efter en ögonblickskort tvekan gick fram till honom.

– Är du ledig, Holger? frågade hon.

Han såg på henne i backspegeln när de svängde ut från trottoaren. Hon satt nervöst framåtlutad i baksätet, tog en cigarrett ur ett etui i handväskan, men ångrade sig och stoppade tillbaka den igen.

– Jag hade tänkt försöka leta rätt på dig, sade hon. Och så ser jag dig här, av en slump.

Holger svarade inte.

– Det är fem år sedan, Holger, sade hon till sist.

– Ja, svarade han.

– Du har familj nu, antar jag, fortsatte hon mer som ett påstående än en undran. Barn, en söt fru, kör fortfarande taxi och är glad över att ha ett arbete nu när så många andra går utan.

Han sade ingenting.

– Jag är glad för din skull, sade hon.

Hon satt tyst en lång stund.

– Vi reser till Amerika nästa månad, sade hon. Jesse tror inte att det går att stanna i Europa så mycket längre. Alla älskar den här musiken nu, men det är så mycket annat... Jag är glad att jag träffade dig innan vi åker. Det är så mycket jag skulle vilja tala med dig om.

Och ändå satt de tysta under resten av färden. Redan hade löven i en del av parkernas träd börjat gulna. I skyltfönstren hade man börjat klä skyltdockorna i vinterkläder och uteserveringarnas bord var intagna för säsongen. Han hjälpte henne ur bilen utanför gamla Sphinx. I glasmontrarna kände han igen Jesses ansikte på ett artistfotografi.

– Kom med in och vänta en stund, sade hon och tog hans hand.

Han försökte göra sig fri från henne, men hon släppte honom inte.

– Inte här, sade han. Vi åker någonstans.

– Nej, jag måste stanna här, sade hon. Vår son kommer snart.

– Er son?

– Vår son, sade hon. Han är fem år nu. Jesse är snart här med honom... Jag vill så gärna prata med dig om honom...

– Nej, jag går nu, sade Holger.

Men till sist följde han med henne in i den eftermiddagstomma restaurangen. I lokalen stod stolarna uppställda på borden och en städare gick och sopade mellan dem. Inne från köket hördes ett dovt slammer från porslin. De satt vid ett bord inträngt nästan bakom scenen. Ti lutade sig trött tillbaka mot soffan, tog av sig sin hatt och löste upp håret. De ljusa lockarna föll över soffryggen då hon lutade sig tillbaka och tände en cigarrett.

– En enda bokstav, Holger, sade hon. Och så blir världen en annan. Som ett tryckfel bara, en felskrivning på ett kuvert och så är adressaten plötsligt någon helt annan. Jesse är ett flicknamn, Holger. Ingen verkade begripa det, men jag såg det naturligtvis med det samma. Affischernas Jesse döptes till Jessica Lee och inget av hennes syskon kallade henne någonsin något annat än Jessie. Hon lärde sig spela piano för att hjälpa sin far under mässorna. En svart liten flicka från en del av

Chicago där, även om man har en predikant till pappa, bara några få val står till buds att bygga en framtid på: att gifta sig med någon som är anständig nog att behandla en som människa, hitta ett arbete i en strykinrättning eller manufakturfabrik, som hushållerska eller hembiträde, och slita tills man inte orkar mer, bli en av hororna för helgtrötta kontorister att tömma sin leda i... Jessie. Hon stavade sitt namn som andra flickor, med -ie på slutet... Gick klädd som en pojke och kunde inte hålla sig från dansställena, trots sin pappas förmaningar. En dag satt hon och spelade vid pianot, när någon sa: That boy can surely play... That boy... What's his name? Jessie, svarade någon. Jesse? Well, he's fine... Till och med namnet dög. Jessie brukar säga att sedan hon tog bort bokstaven i ur sitt namn så har hon själv kunnat bestämma vem hon är. Du vet ju vad den ensamma bokstaven I betyder på engelska, Holger? Jag. I. Den betyder jag. Take away the I and you can be anything you want, brukar Jesse säga. Göm undan jag, ditt jag, och du kan vara vem eller vad du vill. Jessie, Jesse. Det hörs inte ens någon skillnad. En bokstav försvinner bara och världen är en annan. Också för en svart flicka.

Holger sträckte sig efter cigarrettetuiet på bordet, men hans hand skakade så att han till sist drog tillbaka dem.

– Han är snart här nu, sade hon.

Rummet virvlade runt framför Holgers ögon, han kunde inte hålla orienteringen i världen längre.

– Han? lyckades han stamma fram. Jesse?

– Han, sade hon stilla. Vårt barn. Vi har givit honom ditt namn, Holger. Inte bara ditt, men ditt också. Det är bråttom och det är så mycket jag vill berätta för dig. Du får se honom snart. Han är vacker, Holger. Du kommer att älska honom.

Holger bara stirrade på henne. Hon slöt ögonen och lät cigarrettröken ringla mellan läpparna opp mot taket.

– Förstår du inte? sade hon. Vi ville ha ett barn, Jesse och jag. Vem skulle passa bättre än du?

Holgers händer skakade så att han var tvungen att knyta dem. Han visste inte om han var arg eller ledsen eller galen eller lycklig. Känslorna växlade hela tiden plats i honom och förvandlade hans inre till kalejdoskop där alla bilder bröts sönder till oigenkännlighet. Och plötsligt stod raseriet främst i ledet och stampade.

– Ni ville ha en vit unge, nästan skrek han till henne.

– Vi ville ha en unge, svarade hon lugnt. Vi fick en bit av dig. Du behöver inte vara rädd…

Hon tystnade när hon hörde dörren ut mot gatan öppnas. Steg, gatuljud, steg, en väska som ställs ner på golvet, steg, Jesses ljusa skratt, steg, små springande steg…

– Mummy! Mummy!

När Linet en stund senare kom in i restaurangen efter att ha sett Holgers droska stå parkerad utanför var de flesta lamporna släckta i lokalen. Någon stod på en hög stege och justerade ett par ensamma strålkastare som lyste upp orkesterns lilla sidoscen. Ingen hade hört henne komma in i lokalen och när hon såg Holger sitta på en av orkesterstolarna framme vid flygeln stannade hon i skuggorna. Vid klaviaturen satt den svarte pianisten och i en soffa strax bakom scenen en blond kvinna. Hon kände igen dem bägge och hon ville inte längre veta vad de ville henne och Holger. Ett barn låg på soffan intill kvinnan och sov med sitt huvud i hennes knä. De pratade dämpat med varandra och Linet höll andan för att höra dem.

– Är du rädd? hörde hon den svarta musikern vid flygeln säga till Holger.

Holger hade en tunn cigarrett i handen och drog ett par lugna, djupa bloss på den.

– Varför skulle jag vara rädd? hörde hon honom svara.

Hon bar ett växande liv i sig, det var hennes och Holgers. Men det skulle hon inte berätta för honom. Hon skulle ingenting säga honom mer, aldrig någonsin. Hon skulle bara resa sin väg, ta den där tjänsten som pastor Hammarståhl redan flera gånger erbjudit henne. Pastorn skulle inte ställa några frågor. Skulle någon i församlingen visa alltför stor nyfikenhet så skulle han bara förebrå dem för att inte visa vederbörlig hänsyn för en ensam mor med ett litet barn. Kanske skulle han kalla henne änkan. Kanske skulle han ge henne en saga om en uppoffrande missionär till man som gått förlorad under ett frälsningståg i någon avlägsen djungel. Hon skulle bli bjuden på söndagsmiddagar och man skulle berömma henne för ordningen hon höll bland kyrkpapperen. Hon skulle stanna i församlingen några år medan barnet växte sig stort nog för dem att flytta vidare. Hon fick se vad det skulle bli av allting. Vad som helst kunde hända henne. Men Holger skulle hon låta stanna i sin värld av flykt och drömmar. Med Holger fick framtiden handskas hur den ville. Hon såg hur han stirrade på den ljusa kvinnan i soffan, på det sovande barnet i hennes knä, på den svarta musikern som plockade några ackord ur flygelns klaviatur.

– En gång till, hörde hon Holger säga som ett barn som inte får nog, medan hon drog sig tillbaka bort mot utgången. Bara en gång till.

Hon skulle försvinna ur hans liv nu och hon trodde att Holger knappt ens skulle veta att hon någonsin varit där. Den svarta musikern trummade en snabb virvel med fingertopparna på flygelns uppfällda tangentlock.

– Till planeten, sade Jesse halvt som fråga och halvt som kommandorop, men då var Linet redan vid utgången.

De sista ord hon hörde innan hon stängde dörren om musiken från pianot som spann sina slingor kring tiden, förvred och deformerade den, slet i och ryckte den ur kurs, bars av Holgers nästan barnsligt förväntansfulla stämma:

– Ja. Till de svarta tangenternas planet.